GOBOOKS
& SITAK
GROUP©

GOBOOKS
& SITAK
GROUP©

Sniper of Aogelasi

CHARACTERS

Ramita

Profile

娜米坦

(17歲)

個性：認真，自尊心高，唯我獨尊
甜美可愛，讓人忍不住想寵溺的女孩。穿著柔軟、輕飄飄的連身裙，裸腳，右腳戴有玫瑰花腳環。

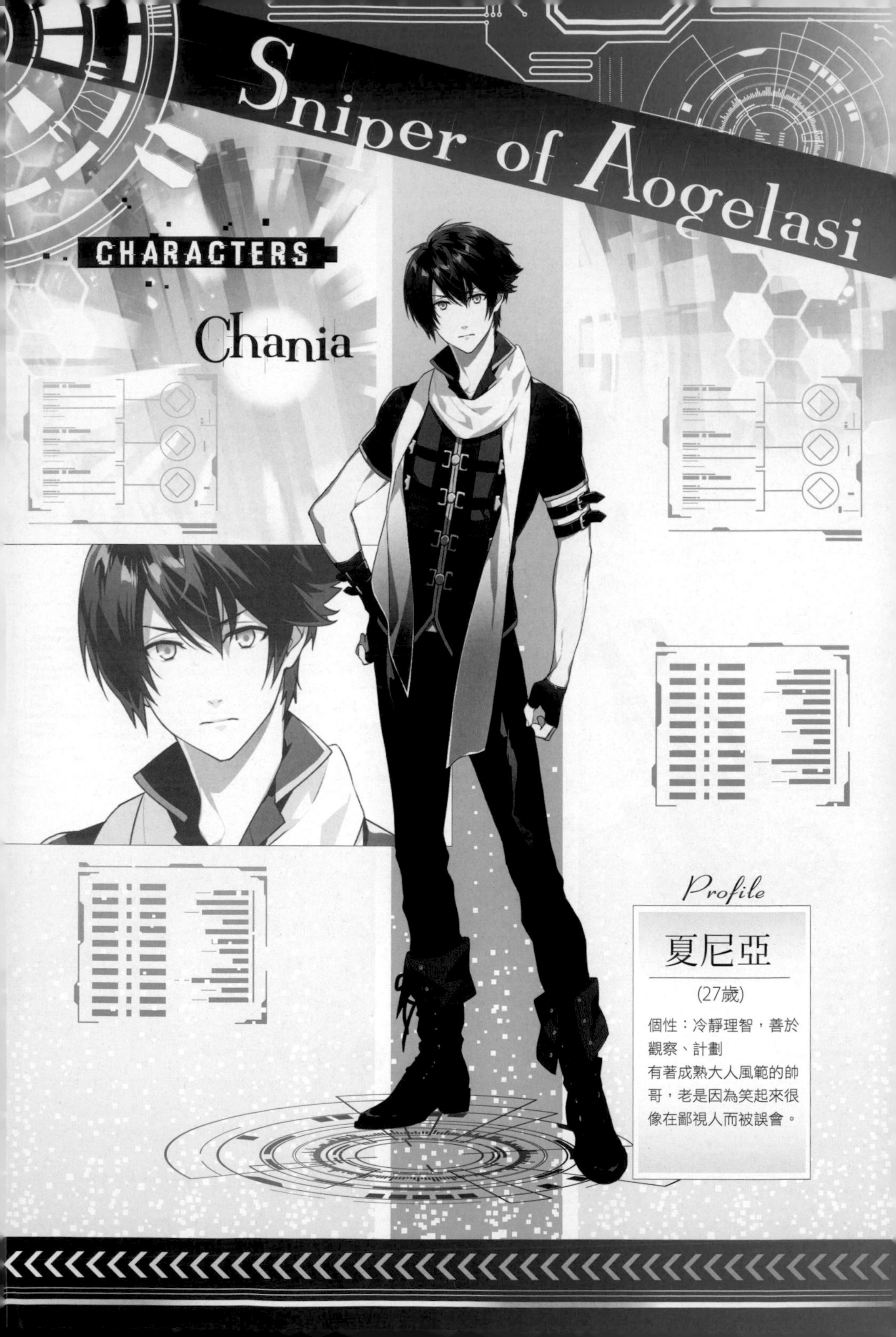
Sniper of Aogelasi
CHARACTERS
Chania
Profile
夏尼亞
(27歲)
個性：冷靜理智，善於觀察、計劃
有著成熟大人風範的帥哥，老是因為笑起來很像在鄙視人而被誤會。

三日月書版

三日月書版

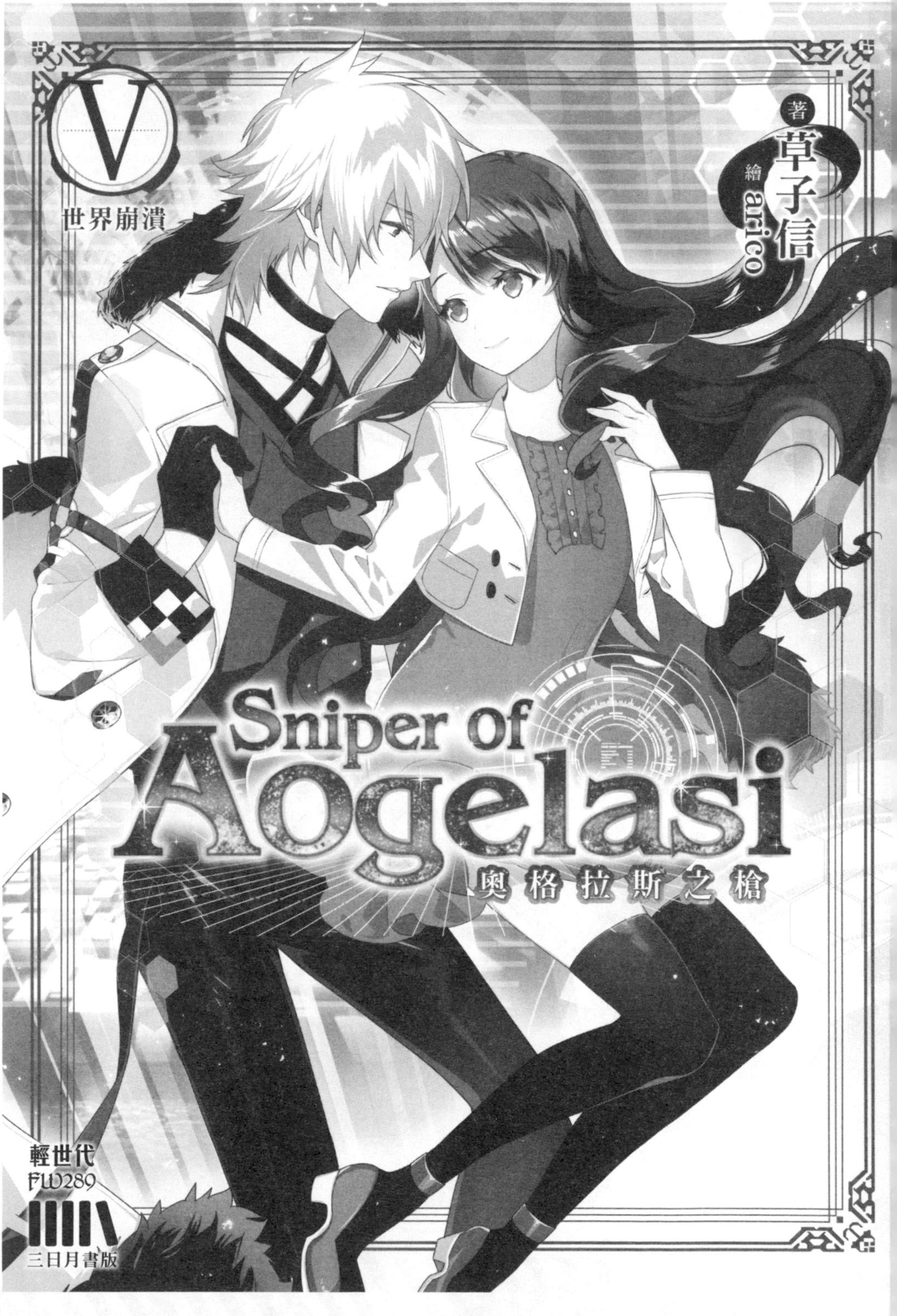
V
世界崩潰
著 草子信
繪 arico
Sniper of Aogelasi
奧格拉斯之槍
輕世代
FW289
三日月書版

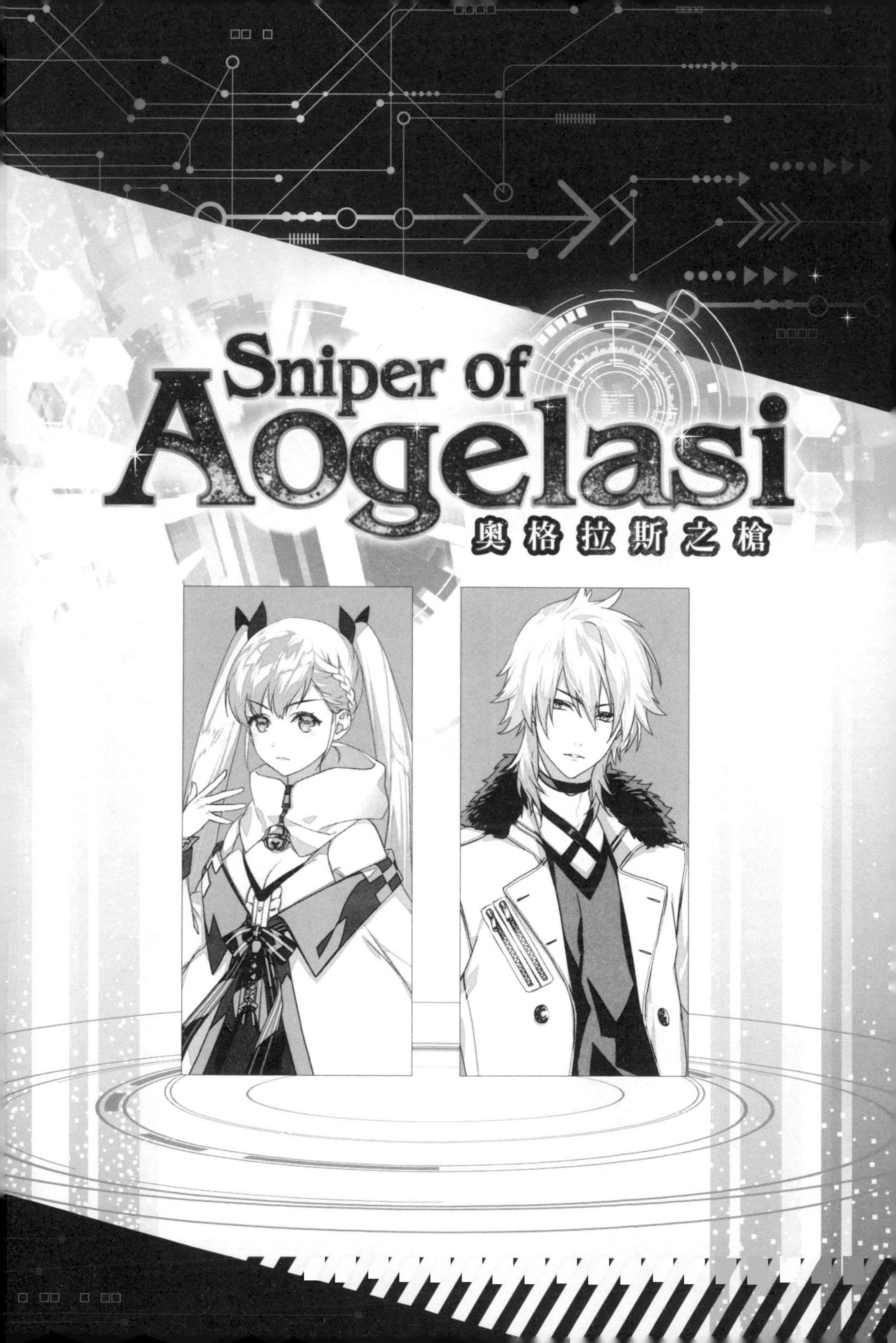
Sniper Of
Aogelasi
奧格拉斯之槍

contents

楔子

「組織有內鬼，夏尼亞。把他揪出來。」

「為什麼找我？我很忙。」

夏尼亞目不轉睛地盯著螢幕，看也沒看對方一眼。

男人將手伸到他的面前，阻礙他打鍵盤，要讓他正視自己的存在。

沒想到，換來的卻是夏尼亞的怒視。

「……別打擾我工作。」

「管理內部人員也是我們的職責之一。」

「內鬼這種事，讓『神的代理』去處理不就好了，為何找上我？」夏尼亞緊皺雙眉，總算願意直視對方，「要不然，你負責也可以。」

「這是神的意思，難道你想違抗神的命令？」

「神？呵。」夏尼亞狠狠捏住那隻阻礙他的手，逼對方收回，再次敲打鍵盤，「那種根本沒見過面的傢伙，有什麼資格命令我。」

「注意你說話的口氣，夏尼亞。不得對神無禮。」

夏尼亞的話讓對方感到不悅，開口提醒他守好分寸，但夏尼亞一點也不在意。

「若他真的是守護奧格拉斯的神，那就不該在毀滅之際，還在那邊躲躲藏藏，不肯見人。」

「那位大人有自己的考量。」

「什麼考量?不就是自私嗎。」

「夏尼亞，身為奧格拉斯組織的一員，你沒資格說那種褻瀆神的話！」

「我加入組織的理由，是想保護我的故鄉奧格拉斯，除此之外沒有其他原因。」

「你——」對方氣得咬牙，卻又不能真的對夏尼亞出手，只好憤然離去，「總而言之，這是命令！夏尼亞，你若真想留在組織裡，最好乖乖照辦！」

直到聽見門被用力甩上的聲響，夏尼亞才抬起慵懶的視線，盯著男人離去的方向。

他靠在椅背上，疲倦地用兩指按摩眉心。

「唉，沒事找事做。」

抱怨歸抱怨，但男人說得沒錯。

神的命令不能拒絕，那個人也不過是盡告知的義務罷了，只不過，他還是氣不過。

「想待在組織裡就得乖乖聽話嗎?真是麻煩。」夏尼亞雖然嘴上抱怨，但還是乖乖起身，離開自己的座位。

雙手插入口袋，往門口走過去的同時，一旁坐在沙發上的男女也起身跟隨。

夏尼亞睨視兩人，不快地冷哼。

他加入組織的目的是為了保護奧格拉斯，但沒想到竟會如此不自由，當這兩名武器ＡＩ被分派到他身邊，跟他搭檔的時候，他就明白，這是神想要監視他的意思。

明明他在組織中也算是高層，卻不受信任，即便如此，組織還是需要他的力量，這點他很清楚。

「嘖，真是令人不爽。」

他毫不避諱地坦言，故意讓兩人聽見，但他們卻不在意。

如同寫好的程式般，沒有自我。

「夏尼亞大人，您對內鬼是誰這件事，有眉目了嗎？」男人湊過來詢問，彷彿沒聽見他的抱怨。

夏尼亞心有不快，可也不能做什麼。

「我才不想去幫忙抓什麼內鬼。」夏尼亞直率地回答，完全不隱瞞自己的火氣，「那種事情，除了我之外的人也能做到。」

說完，他便氣憤地離開辦公室。

如同他的猜測，神並沒有指定他一人搜尋組織的內鬼，不到一週的時間，他就撞見內鬼被抓到的「現場」。

難得上班遲到的他，經過公司正門時，聽見不遠處傳來吵雜聲。

那天他也不知道為什麼，竟然一時興起，順著聲音來源尋了過去。

結果他所見到的，是其他高層將女性武器ＡＩ雙手綁起，吊在半空中的場面。

那女人是他的部下，當他見到這幕的瞬間，相當意外。

圍觀的其他人發現他的存在，笑著走過來對他說：「夏尼亞大人！您今天比平常還晚到。」

「啊啊，路上有點塞……」夏尼亞目不轉睛地盯著滿身傷痕的女人，「這是怎麼回事？」

「佩佩羅大人揪出的內鬼，她似乎和組織的叛徒有聯絡，不過她到現在都還不肯透露半點消息，實在非常頑強。」

女人的身體皮開肉綻，腳下的血泊已經能完整映照出她的倒影，她面容疲憊蒼白，連呼吸都很微弱。

即便是叛徒，夏尼亞也覺得這麼做實在太不人道。

這瞬間，夏尼亞總算理解自己加入的組織，究竟是什麼樣的存在。

就在他打算出聲制止這群人繼續虐待這個女人的瞬間，他和她的視線對上了。

也許是看出他的慌張，女人靜靜地露出笑容。

被這抹笑容震撼住的夏尼亞，聽見她那堅定不移、完全不畏懼死亡的自信告白。

「將存活建立在其他人的死亡上，沐浴他人鮮血活下去的我們，連死都不配！」

夏尼亞也曾想過這樣的倫理問題，但奧格拉斯已經搖搖欲墜，無法再繼續猶豫。

這是他們好不容易才找到、能夠與他們的世界相連的異界，要是錯過這次機會，那麼奧格拉斯就真的完蛋了。

「……不要以為你們是正義的救世主。」女人說著，與站在最後方的夏尼亞對上視線，「奧格拉斯的居民，從來就沒有乞求你們這麼做。」

這番話如同巨錘，狠狠敲打在他的心上。

女人在說完自己想說的話之後，用盡最後一絲力氣握緊拳頭。

周圍所有人看見她的動作，立刻轉身，慌張地驅散看好戲的人群。

「快點離開這裡！」

同伴們向後逃跑，夏尼亞卻愣在那，眼睜睜看著女人帶著幸福的微笑，啟動自爆能力。

那次過後，內鬼的事如同沒發生過一般，他們的日子依舊，計畫也不曾改變。知道這件事的只有高層的幾個人，他們全都被下了封口令。

從那天開始，夏尼亞便做出了決斷。

第一章　全境封鎖（上）

Sniper of Aogelasi

夏尼亞從手臂上走下來，被他狠踩過的地方還留有鞋印，難纏的手臂現在除了抽搐之外，沒有其他反應，似乎沒辦法再對俞思晴還有巴雷特出手。

巴雷特與夏尼亞交換眼神，達成共識。

「在這裡沒辦法好好說話，先離開再說。」

「我同意，但等我先把『問題』解決。」

夏尼亞剛說完，從他跳下來的地方，迅速墜落兩個身影。

身材纖細的女性與有著文雅外貌的男人，正是與夏尼亞搭檔的那對武器ＡＩ。之前見到他們的時候，眼神不像現在如此凶惡，顯然是已經殺紅了眼。

至於他們的目標，不用多想也能明白是誰。

「夏尼亞大人，請您乖乖接受制裁。」男人說道，女人也在一旁跟著附和，「逃跑是沒用的，今晚，沒有人能活著離開這棟大樓。」

女人說完，將視線轉移到巴雷特與俞思晴身上，「包括你們。」

俞思晴咬牙，但想到現在是三對二，多多少少還是占上風，她不認為會沒機會順利逃脫。

再說，她也很擔心其他人的安危，若組織已經知道他們闖入公司大樓，肯定會將這裡團團包圍，他們得在包圍網完成前離開才行。

夏尼亞點了根菸，輕吸一口。

「我不是跟大神說過，要你們別管我的嗎？為什麼不乖乖按照計畫。」

「小鈴說，不能讓你犧牲。」

「呵，犧牲？抱歉，我可沒打算死。」雖然發出笑聲，但夏尼亞的臉上沒有一點笑容，「反倒是你們，太礙事了。」

他早就已經預想好逃跑的計畫，沒想到巴雷特他們會逞英雄，要不是發現觸手被啟動，他也不會到現在還留在這，結果被這兩人纏上。

在他們說話的同時，手臂忽然大力抖動，重新復活，如同蟒蛇般捲曲在男女身後。

「唰」的一聲，手臂突然快速向四周圍擴散，形成銅牆鐵壁，將整棟大樓籠罩，讓任何人都無法離開。

透過漆黑的手臂，什麼都看不見，也聽不見外面的聲響，與世隔絕。

現在的他們，就像存在於現實世界的遊戲場景中。

「它到底是什麼？」巴雷特可以從手臂裡感覺出武器ＡＩ的氣息，他眉頭緊皺，第六感告訴他這不是什麼好東西。

「是『亡靈』，佩佩羅的稀有道具ＡＩ，負責大樓的安檢。」

「呃，那又是誰？」俞思晴聽不懂，只能猜測，「算了……總而言之，這東西在危險發生的時候會自動啟動？」

「嗯，而且它會針對造成較大傷害的對象進行追捕。」夏尼亞與她對視，「例如我跟妳。」

俞思晴流下汗水，「因為我把大樓天花板開了個洞？而你……」

「切斷電源，而且辦公室還發生爆炸。」

「爆炸不是你造成的吧？」

「不是，但組織成員不會被當成攻擊目標，也就是說，我已經被組織剔除資格了。」夏尼亞邊說邊把袖口捲起，扔下菸蒂，狠狠踩熄，「這樣正好，我就用不著有所顧慮，能放手一搏。」

眼看夏尼亞要跟對方打起來的樣子，俞思晴正懷疑他要怎麼做，就看見巴雷特竟然變回白色狙擊槍，落在夏尼亞的手中。

「巴雷特？」俞思晴心裡一驚，沒想到巴雷特居然會拋下她這個幻武使，跟夏尼亞搭檔。

他們不是締結契約關係的伙伴嗎！為什麼——

「現在沒時間解釋。」她的耳邊傳來巴雷特的聲音，「小晴，妳先躲到後面去，聽話。」

「不要！我也要戰鬥！」

「讓夏尼亞來，這兩個人的等級不是妳能對付的。」

俞思晴氣憤地握拳，「你、你說什麼！」

但她的抱怨沒有讓巴雷特改變心意，回過神來，夏尼亞已經帶著巴雷特與對方展開戰鬥。

明明武器ＡＩ的戰鬥她已經看過很多次，自己也常參與其中，然而這次卻讓她目瞪口呆，眼睛根本追不上。

兩組武器ＡＩ在戰鬥當下隨意轉換武器與人類型態，一邊防禦，一邊進攻，這根本不是身為幻武使的她能夠參與的戰鬥。

雖然心有不甘，但她不得不承認，夏尼亞和巴雷特的默契確實不錯。

為了與巴雷特在一起，選擇接受這份能力，然而現在她卻覺得自己根本無用武之地。

原以為稍微接近巴雷特的世界，此刻她卻深深感覺到彼此的差距。

獨自看著四人混戰的俞思晴，除了擔心之外，什麼都做不了。

難道——就沒有她能做的事嗎？

忽然，不遠處傳來腳步聲，離這裡有段距離，但她還是聽得十分清楚。

俞思晴轉過頭去，沒有看見人影。

還以為是自己太過神經質，結果卻聽見伸手不見五指的走廊盡頭傳出細微哭聲。

「手臂似乎不會再攻擊了……好吧。」

巴雷特正在專心戰鬥，就算她稍微離開，也不會受影響。

於是她帶著螢光蟲，沿著牆壁走入黑暗。

為了安全起見，她拿出副手武器的短刀，小心翼翼地觀察周圍。

這邊的牆壁也已經開始龜裂，能夠聽見大樓正在崩塌的細微聲響。

再往裡面走，盡頭處有扇門，不知道是不是受到戰鬥的影響，稍微開了一點點隙縫。

俞思晴踮起腳步，躡手躡腳進入房間。

裡頭非常凌亂，簡直就像遭小偷一般，所有物品、文件，全都散落四處。

不小心踩到地上的碎玻璃，俞思晴一陣心驚，差點沒咬到自己的舌頭。

她蹲下來仔細檢查，發現是已經摔成碎片的玻璃相框，這才鬆了口氣。

「嚇死我了……」

螢光蟲停在她肩上，照亮滿地的文件。

俞思晴將照片翻開，發現上面是個漂亮的女孩子，照片中的她笑得很開心，光看著都能明白她是個多麼開朗可愛的人。

盯著照片的俞思晴不禁微微一笑。

——直到被突然冒出來的哭聲嚇到。

「誰！」俞思晴連忙起身，使用螢光蟲的技能，瞬間將整個房間照亮。

書櫃底下的東西像在回應她一般，閃閃發光。

螢光蟲恢復微弱的光芒，趴在縫隙旁。

俞思晴趴下來盯著裡面，果真看到有東西。

她用短刀，小心地把它推出來，這才發現是支筆——正確來說，是附有錄音功能的鋼筆。

雖然還是無法解釋她聽到的哭聲是從哪裡傳來，但比起那件事，現在的她對這支筆比較有興趣。

凌亂的房間，很有可能是某人在找什麼，難道是這支筆？

她想著，卻很快打消念頭。

不可能這麼簡單吧！哪有這麼順利的事。

「沒想到夏尼亞竟然會背叛組織……不，或許早就能料到這個結果，呵。」

冰冷且帶著殺意的聲音，忽然從俞思晴背後傳來。

她嚇了一跳，連忙起身，下意識將筆收進口袋。

站在門口、堵住唯一退路的，是名陌生男性。

「初次見面，幻武使。」對方相當有禮貌地將手掌貼於胸口，向她行禮，「我的名字叫做佩佩羅，是這間公司的員工。」

他抬起眼眸的瞬間，視線銳利無比，聲音也變得比之前還要冰冷。

「同時我也是『組織』的一員。」

聽見這句話，俞思晴臉色大變，立刻將短刀橫放在眼前。

男人笑盈盈道：「可愛的女孩子不該拿如此危險的東西。」

話才剛說完，她的螢光蟲不知道為什麼，竟突然衝過來奪走她的副手武器。

俞思晴沒來得及防備，只能眼睜睜看著螢光蟲繞一圈後飛到佩佩羅的身邊。

佩佩羅伸手將短刀接過，反覆細看。

「這不是《幻武神話》的副手武器，是妳直接從奧格拉斯帶過來的嗎？」

「是又如何。」

「呵，膽子挺大的嘛。」

他迅速跨步上前，一手抓住俞思晴的手腕，將她壓在後方的書櫃上，用短刀抵住她的脖子。

刀刃緊貼肌膚的觸感，讓俞思晴連谷口水都感到害怕，但更讓她畏懼的，是這個男人的眼神。

「我並不討厭口氣狂妄的女人，現在，乖乖跟我走。」

「……如果我說不的話，你要殺了我？」俞思晴顫抖著反問。

佩佩羅看她的表情就知道，俞思晴早料到他不會殺她滅口——因為她還有利用價值，如此聰明的女人待在巴雷特身旁，實在浪費。

但他可不是個會憐香惜玉的男人。

「我不會殺妳，但會讓妳懇求我結束妳的性命。」

佩佩羅用力拽著她的手，將她從房間拖出去。

不管俞思晴怎麼掙扎，就是沒辦法掙脫，奇怪的是，她連聲音都喊不出來。

仔細一看，佩佩羅的肩上多了一顆軟綿綿的單眼黑色毛球，正目不轉睛地盯著自己看。

看來是這東西讓她發不出聲音，再這樣下去，她就要被這個男人帶走了。

她不想成為巴雷特的累贅，也不想淪為對方的階下囚，但她還沒搞清楚為什麼螢光蟲會突然叛變。

這肯定有什麼理由，在查清楚之前，她不敢隨便使用生物型道具。

在她尋找著逃跑機會的時候，拉著她的佩佩羅突然停下腳步。

被他的身軀擋著，俞思晴不知道發生什麼情況，只聽見前方傳來聲音。

「雖然很麻煩……但我不會讓你把她帶走的，佩佩羅。」

佩佩羅嘆口氣，「別來找碴，我知道你並不想插手干涉，也不想和組織作對。」

「那是之前。」男人亮出化作刀刃的手臂，「但現在情況有變。」

「……不只是奧多，連你都想反抗我們嗎？」

「當初我會答應協助組織，是為了故鄉，不只是我，在《幻武神話》這款遊戲裡的所有人都一樣。遇見那些幻武使，與他們相處，才讓我們所有人清醒過來。」

「你是在跟我說，你對這個世界的人有了感情？」

「不，我只是想趁自己做出錯誤的事之前，結束這可笑的計畫。」男人垂眼，慵懶的眼神中，燃起火焰，「既然我們的命運是毀滅，那就這樣吧。世界末日也沒什麼不好，至少我後半的人生不會因為利用他人性命這種愚蠢的事而終日愧疚。」

語畢，男人瞬步衝上前，速度快到連佩佩羅都來不及反應。

俞思晴什麼也沒看到，回過神來發現自己已經脫離佩佩羅，被人小心翼翼地摟在懷裡。

她抬起頭，見到那張熟悉的面孔，不禁驚呼。

「咦！你……你不是安的……」

雖然這人看起來跟以往見到的形象有點不同，但他確實就是安的武器ＡＩ。

「佩佩羅不是個好對付的敵人，妳能戰鬥嗎？」

俞思晴愣了下，立刻點頭，「能！」

「那就好。」羅貝索恩下一秒便變回白色武士刀，躺在她的大腿上。

「使用我。」

「咦？」

俞思晴腦袋還沒跟上，兩手慌慌張張地胡亂揮舞，直到眼角餘光看見朝自己揮砍而下的刀刃，直覺反應地舉起武士刀防禦。

佩佩羅手裡的紅刃長劍，散發著強大的壓迫力，俞思晴瞪大眼，目不轉睛地盯著那美麗的刀身，但從刀刃處突然冒出的眼睛，卻嚇得她連忙收手，向後跳開。

與佩佩羅拉開距離後，她才發現那把武器比一般的劍還要大上許多，模樣也很奇怪。

劍刃與劍柄各占二分之一，佩佩羅幾乎是握住中間的位置，明明使用起來應該相當不順手，但佩佩羅卻完全不在意。

話說回來，從剛剛開始佩佩羅就是獨身一人，那把劍到底是從哪裡冒出來的？

「那是副手武器，佩佩羅是使用道具ＡＩ的專家，也是出了名的獨行俠，沒人見過他變成武器的模樣，也沒人見過他使用其他武器ＡＩ。」

羅貝索恩還在解釋，佩佩羅卻手持武器，迎面追擊。

俞思晴沒時間問完腦袋瓜裡的問題，直接拿著羅貝索恩上前。

佩佩羅的攻擊力道比她想得還要大，這讓她的體力消耗極快，長時間戰鬥對她來說相當不利。

「我還以為我只能使用契約搭檔。」使用羅貝索恩意外地上手，讓俞思晴百思不得其解。

羅貝索恩反而覺得奇怪，「巴雷特沒告訴妳？那傢伙的獨占欲未免太可怕……」

「告訴我什麼？」

「妳跟巴雷特締結契約的好處，就是能使用武器ＡＩ，只是使用契約以外的武器ＡＩ，會有所限制，無法使出全力。」

「所以我使用你如此順手的原因，並非我是天才，而是因為契約的影響？」

羅貝索恩難得笑出聲，「哈哈！現在妳的身體能力比一般人還要強，所以才會沒有什麼不順的感覺，其他幻武使可沒辦法做到這點。」

不得不承認，俞思晴有點失望，但佩佩羅的猛攻讓她沒有時間傷心太久。

「嘖，就當作是玩遊戲吧。」

她說過自己不喜歡把現實當成虛擬世界，然而現在，無論是她的世界還是奧格拉斯，全都是貨真價實，既然如此，她就不該再繼續拘泥真假。

受人保護，可不是她的風格。

佩佩羅發現俞思晴的眼神變得與剛才不同，彷彿已經做出決斷，便跟著垂下眼。

和她打了三分鐘不到，佩佩羅就能理解俞思晴為何會如此難纏，甚至能屢次破壞組織的好事。

這女人確實有兩把刷子，並非只是個可愛的花瓶。

他從沒想過，區區幻武使竟然能讓他動真格。

佩佩羅轉動手中的長劍，吹起風捲，將屋內的東西全部捲入其中。

在有限的空間內，如此強大的旋風幾乎讓人站不住腳，俞思晴不得不把刀插入地板，才有辦法穩住身體。

然而，佩佩羅卻旋轉著手中的武器，一步步接近她。

看出佩佩羅想要把她絞死的意圖，俞思晴迅速從系統內拿出道具。

裝滿清澈純水的瓶子，很快就被捲入其中，刀刃劃破玻璃，裡面的水全灑了出來。

佩佩羅一開始不以為意，直到他嗅出液體的味道，才迅速收手——但已經來不及了。

純水變成黏稠的物體，被刀刃切開的地方迅速以佩佩羅為中心凝聚起來，最後將他的雙手束縛在腰間。

佩佩羅被逼得不得不放開武器，就算想掙扎，這團物體就像是有彈性的塑膠，怎麼甩也甩不掉。

「哼！就算用這種東西綁住我，也拖延不到多少逃跑時——」

佩佩羅話還沒說完，就看見俞思晴高舉手中的武士刀，從半空中迅速向下揮刃，由他的左肩砍至右腿。

她雙腳踏地的同時，佩佩羅也倒地不起。

捆住他的黏稠物體很快昇華在空氣中，不見蹤影。

「虧妳想得出這個辦法。」羅貝索恩相當佩服俞思晴的應變能力，他變回人形，用不可思議的表情盯著她看。

剛才俞思晴拿出的瓶子，封印著《幻武神話》內的特殊小怪。

在遊戲中，很多玩家會用這隻像是史萊姆的「果凍怪」來限制對手的動作，或捕獲其他怪等等。不過因為「果凍怪」只能存活在氣壓極高的深海，一旦接觸平地的氣壓，一分鐘之內就會化為雲煙。

一分鐘的時間說長不長，說短也不短，但足以讓佩佩羅有些許停頓。

俞思晴所要做的，就是抓住那個瞬間進行攻擊。

羅貝索恩單膝跪在佩佩羅身旁，觀察他的情況，還不忘讚賞她，「妳的膽量果然很大。」

「只要不是使用武器ＡＩ的對手，我多少有辦法應對，再怎麼說，副手武器的能力不可能比得過武器ＡＩ。」

俞思晴說完，雙手環胸，冷冷睨視他，「你不也是這樣認為，才會讓我跟他戰鬥嗎？」

羅貝索恩預估佩佩羅是她能夠應付的對手，所以才讓她戰鬥。

確認佩佩羅還有呼吸後，羅貝索恩起身回答她的問題。

「不單如此，另一個原因是我相信妳的實力。」

「哼……」俞思晴嘟起嘴，並沒有很高興。

她垂眼盯著佩佩羅，「那你不殺他的理由是什麼？」

使用羅貝索恩的時候，她可以感覺到剛才那刀，並沒有真正砍到佩佩羅。

羅貝索恩的刀身是透明的，以前她曾聽安提過，羅貝索恩能自由砍到想砍的「部位」，相當特別。

簡單來講，羅貝索恩能夠製造表面的傷口，也很擅長讓人「內傷」。

剛才她砍的並非佩佩羅的肉身，而是他的靈魂。

這不是她的意思，是羅貝索恩擅自決定的。

「我幫妳不是為了奪人性命，組織也只是想要保護奧格拉斯。」

俞思晴嘆口氣，「若能好好溝通，我也希望能和平解決。」

「組織只聽從神的命令。」

「……羅貝索恩，你知道的事，似乎比一般的武器ＡＩ還要多。」俞思晴困惑地上下打量他，「普通的武器ＡＩ不會知道奧格拉斯神是個『組織』。」

羅貝索恩沒有隱瞞的意思，他對上俞思晴困惑的視線。

「我也和巴雷特一樣，曾經是組織裡的人。但我加入後發現那裡並不如我所想的那般美好，所以我只待了短短兩年，便退出了。」

「退出組織並非輕而易舉的事，我絕對不相信組織沒要你付出代價。」

「別想這麼多，組織並非如此黑暗，再說當時有巴雷特幫我說話，所以沒什麼大礙。」羅貝索恩伸手輕撫她的頭，「我會幫妳也只是想還他人情。」

俞思晴兩眼瞪大，不停眨眼。

原來是巴雷特幫助羅貝索恩的！一想到這，她就忍不住露出甜笑。

但她的笑容反而讓羅貝索恩渾身不對勁，臉色鐵青地將手收回，「反正有限制魔法，就算知道組織的事，我也沒辦法告訴任何人。」

羅貝索恩果斷結束這個話題，往門外走去。

「巴雷特和夏尼亞還在戰鬥，妳最好乖乖待在他們那邊，要是讓巴雷特分心的話，可是會丟了小命。」

羅貝索恩看起來很趕，頭也不回地就要離開。

俞思晴連忙跟上前，「你要去哪？」

「回《幻武神話》。」

「回去？難道你打算讓武器ＡＩ們和組織……」

「不，我沒那麼閒。」羅貝索恩垂眼，變回那個連說話都會感到疲倦的懶散男人，「安還在裡面，我不能丟下她不管。」

一聽見安的事，俞思晴便不再阻止他，目送羅貝索恩彎過漆黑的轉角，沒入陰影中。

樓層高處，不斷閃爍著青藍色的閃電光芒，時而與金色電光碰撞，摩擦出火光，將周圍的東西全部炸毀。

已經變得殘破不堪的樓層，幾乎沒有東西是完整的，然而被雷電圍繞的兩人卻依舊屹立不搖，彼此的視線裡只容得下對方的身影。

無緣人縮著身軀，緊緊握住法杖，體力有些透支的他，臉色蒼白。

相較之下，雷鳳不但毫髮無傷，甚至連汗都沒有流，捲在手臂上的雷電越來越強大。

「沒有締結契約果然麻煩。」法杖傳出奧多的聲音。

現在的無緣人雖然能使用遊戲角色的技能，但力量遠遠不足以對付敵人，甚至還會大量消耗自己的體力。

再這樣下去，無緣人會因為體力不支而先倒下。

「哈、哈啊……抱歉……奧多，我果然拖累了你……」

「不，不是你的錯，在沒有締結契約的情況下讓你使用武器ＡＩ，本來就會對身體造成較大的負擔。」奧多嘆口氣，變回金色小龍的模樣。

無緣人也從遊戲外貌變回本來的樣子，雙腿癱軟，跪在地上喘息。

雷鳳停下腳步，以不屑的眼神上下打量奧多。

「看來你的力量依舊受到壓制。」

奧多露出牙齦，惡狠狠地瞪著他，「老子可不會因為沒有搭檔就比你弱。」

「這種話，等你打贏我們再說！」

雷鳳一揮手，無數道雷電迅速竄向奧多所在的位置。

奧多打開翅膀，使勁揮動，瞬間斬斷攻擊。

沒想到雷電竟然能被斬斷，旁觀的大神下凡與銀驚訝不已。

使出攻擊的雷鳳並沒有因此受到震撼，反而迅速衝上前。

見狀，奧多立刻重壓在地，將雷鳳所站的地面粉碎，揚起的塵埃嗆得在場所有人猛咳嗽。

「你還能戰鬥嗎？」奧多回到無緣人身邊，抬頭問他。

無緣人點點頭，緊皺眉頭，看起來很不舒服。

奧多見他明知自己身體狀況不佳，卻仍要戰鬥，忍不住笑了出來。

「有些技能我無法在缺少搭檔的狀態下使出來，但想要打敗冥門和雷鳳，只能讓你跟我一起戰鬥，所以我想聽你親口告訴我，你想贏嗎？」

無緣人咬著下唇，用有氣無力的聲音回答：「我想贏……奧多，我想贏他們。」

奧多勾起嘴角，「那就把你的身體借給我。」

還沒聽見無緣人的回答，後頭的塵埃便被雷電劃破，全身捲著雷光的雷鳳氣憤地衝上來，掌心凝聚雷光，不斷朝兩人射出。

在被雷電打到的前一秒，奧多化作金光，鑽入無緣人的胸膛。

無緣人突然提起精神，伸出手臂直接將雷電揮開。

雷鳳看著無緣人慢慢站起來，眼中透出的，不是人類的瞳孔，而是野獸的金瞳。

「這樣好嗎？那個幻武使會被你玩死的。」

「即便如此，我也得阻止你們。」

雷鳳勾起嘴角，壓低身軀，五指彎曲，以雷電纏繞手臂，形成巨大的拳頭。

他的身影迅速消失在無緣人眼前，再次閃現時，已經距離他不到十公分。

「制裁之拳！」

雷鳳使出全力，但拳頭卻停滯在半空中。

他瞪大眼，發現自己的拳頭竟被對方單手接住。

被碰觸的地方散發出耀眼的金光，三兩下就將雷電手臂震碎。

因技能瓦解而露出手臂的雷鳳，看見無緣人的手上同樣捲起金光，迅速逼近自己。他完全來不及反應，就這樣眼睜睜看著金色咒文烙印在自己的皮膚上。

無緣人抬眼，野獸的菱形瞳孔充斥著寒意，將雷鳳的慌張表情映入眼簾。

「末日鎖定。」

隨著無緣人勾起的嘴角，奧多說出的技能的名稱，雷鳳臉色鐵青地將手收回，快速退後，與他拉開距離。

「你、你這傢伙！」

「現在沒時間陪你們玩，我很清楚，你們不過是在拖延時間。」

「唔！」沒料到竟然會被察覺，雷鳳也不打算繼續隱瞞，「不要以為組織會輕易放過你們……」

「無所謂。」奧多眼神銳利，看起來一點也不在意。

明知自己說的話不會讓奧多有任何動搖，但雷鳳還是忍不住想要出言勸阻。

再怎麼說，奧多都是法族的恢復系武器ＡＩ中，最強大的龍。

龍型態的武器ＡＩ在奧格拉斯中相當少見，他不想因為衝突而斬殺珍貴的武器ＡＩ，這也並非他們組織的原意。

「奧格拉斯是為了守護武器ＡＩ而存在，為何你非得成為我們的敵人？」

「我從來就不是你的敵人，我們會戰鬥，是因為想守護的東西不同而已。」

「別告訴我……你想保護的不是奧格拉斯，而是幻武使。」

奧多揚起嘴角，「就是這樣。」

他的回答讓雷鳳氣憤不已，迅速召喚出雷電，毫無規則地胡亂攻擊。

獅子用翅膀保護大神下凡與銀，奧多則是靈巧地閃過，彷彿早就預料到雷電落下的地方，閃避起來很輕鬆。

雷鳳撿起掉落在一旁斷裂的鋼管，纏繞上電光，朝奧多揮打。

奧多左閃右躲，相當敏捷，雷鳳連碰到他衣服的機會都沒有。

眼看金色咒文已經延伸到衣服裡面，雷鳳感覺到自己的胸口和腹部開始產生灼熱感，這是被咒文侵蝕的證據。

要是不在被咒文完全侵蝕之前擊中奧多的話，就無法阻止了！

時間的壓力，讓雷鳳的攻擊顯得亂無章法，最後甚至讓奧多踏在鋼管上，雙手插入口袋，輕盈地以居高臨下的態度冷睨著他。

「看來你知道『末日鎖定』是什麼樣的技能啊，真奇怪，這明明是我的獨門技能，而且我使用的次數很少，根本沒多少人知道。」

「不要以為我是個無知的笨蛋……」

「雷鳳，我無意傷害你跟你的搭檔，若你停手，我還有辦法取消技能。」

「這是不可能的，我絕對不會向你投降！」

雷鳳用雙手握住鋼管，加強雷電的力量。

奧多見狀，連忙從鋼管上跳下來，然而雷鳳卻已經從背後襲來。

感覺到殺意，奧多迅速張開結界，眼睜睜看著雷鳳的鋼管打在透明屏障上。

透過擴散的雷光，他與雷鳳那雙不願認輸的直率眼神四目相交。

同時咒文也已經蔓延到他的脖子，慢慢覆蓋住他的臉。

「時間到了。」奧多嘆息，深感遺憾。

鋼管落地的輕脆聲響與耀眼的雷光，隨著冥門昏倒在地的巨響而消失無蹤。

四周恢復平靜，奧多也迅速與無緣人分離。

無緣人失去意識地倒在冥門旁邊，而雷鳳則是不見蹤影。

奧多的眼神流露出哀傷，但牠卻很快地收起，瞬間感到的暈眩讓翅膀停止拍動，正好落在大神下凡的懷裡。

眼看戰鬥結束的大神下凡，扛著奧多，使勁將已經變回現實模樣的無緣人拖回獅子背上。

「抱歉。」奧多睜開眼，看著昏迷不醒的無緣人，接著又慢慢閉起眼睛。

大神下凡忍不住嘆氣，「你們一個個都太愛逞強了。」

他可不是來這裡照顧傷兵的啊！

眼看周圍被奇怪的屏障包圍，沒有出路，他實在不知道該怎麼離開。

再說，他也很擔心俞思晴和巴雷特的情況，還有——

「希望你平安無事，夏尼亞。」

「夏尼亞？呵，原來如此。」

原以為陷入昏睡的奧多突然開口說話，差點沒把大神下凡嚇死。

「媽啊！你還活著！」

「我只是力量消耗太大，有點無力而已，別隨便咒我死行不行？」奧多頭上暴出青筋，不滿抱怨。

大神下凡滿臉歉意，「哈哈，抱歉抱歉。」

「我有辦法弄一個出口，獅子，你懂我的意思。」

「嘎吼——」

「很好。」

「喂，等等。」大神下凡看奧多根本不在乎巴雷特跟俞思晴，便緊張起來，「你該不會是打算拋棄巴雷特還有我老婆吧？」

「他們都是奧格拉斯的人，所以不用擔心，你們才該著急。」奧多轉眼盯著他看，「而且離開這裡之後，我還有些問題要好好跟你確認一下。」

大神下凡只能哈哈苦笑，無法迴避奧多那可怕的目光。

看樣子他這邊的危機，才要開始。

第二章　全境封鎖（下）

Sniper of Aogelasi

與羅貝索恩分開的俞思晴，沒有馬上回到巴雷特身邊。

她摸索口袋，拿出鋼筆，仔細翻看。

被佩佩羅控制的螢光蟲也已經恢復意識，回到她的身邊。依靠螢光蟲的光，她看見筆身上刻有文字，但已經被磨損得無法辨識。

「唔，要怎麼打開錄音啊？」

俞思晴不認為自己連錄音筆都不會用，但不管她怎麼按都沒有反應。

無可奈何之下，她只好放棄。

「沒辦法，還是先聽羅貝索恩的話，先回頭……」

才剛決定離開，口袋裡就傳來「嗶」的聲響，差點沒把她嚇死。

「什、什麼？」慢慢將鋼筆掏出來，原本毫無反應的筆身上，竟閃爍著紅色燈光。

她還沒理解這是什麼意思，螢光蟲就突然撲過來，將鋼筆從她手裡奪走。

以為佩佩羅醒過來的俞思晴，馬上轉身，卻發現對方仍躺在地上沒有動靜。

她走過去踹了幾腳，也沒反應，所以應該很安全。

確認完後，她便往螢光蟲的方向看過去，這才發現有個透明的人影正微笑盯著她看。

這張臉似曾相識——不如說她幾分鐘前才剛看過。

她是相片裡的女人，也就是這個房間的主人。

「妳、妳是……」

女人雙手放在胸前，高興地回答：「我是儲存在那支鋼筆裡的記憶，以影像方式呈現，所以並不是本人，您可以把我當成殘影就好。」

「殘影？」

「是的，我被設置為只有本人死亡後才會開啟，若您見到我，就表示您所看見的人已經不存在於這個世上了。」

「類似……遺書嗎？」

「這麼解釋也可以。」

俞思晴原以為不管發生什麼事，她都不會感到驚訝，但現在她真的覺得自己是在跟幽靈對話。

「裡面有什麼訊息？」俞思晴好奇地問。

女人面有難色，「非常抱歉，這份訊息是給巴雷特先生的，請恕我無法回答。」

「給巴雷特？那為什麼會在我面前啟動……」

「因為您是巴雷特先生的契約對象，這表示您也是巴雷特先生的一部分。」

這話百分之百會讓人想歪，俞思晴當場滿臉通紅，張著嘴說不出話來。

「可以的話請將我轉交給巴雷特先生本人。」

「好……我、我知道了。」俞思晴腦袋有點遲鈍，雖說只是儲存下來的記憶，並非真人，但她還是很難想像這只是單純的「影像」。

女人微微一笑，向她行禮後便消失不見。

鋼筆上的紅光消失，螢光蟲將鋼筆交還給她。

俞思晴滿臉困惑，為什麼會突然顯現出來，還指定要交給巴雷特？

那個女人，和巴雷特之間究竟是什麼關係……

她很清楚現在根本不是兒女情長的時候，但她就是無法阻止自己不去胡思亂想。

帶著疑慮的她，再次聽見女孩哭泣的聲音。

這次比之前還要清楚許多，原以為是從這個房間傳出來的，可卻不是。

俞思晴擔心在快要崩塌的大樓裡，有其他無辜的人被捲入，甚至受了傷，於是便衝出房間，仔細聆聽。

「在這。」俞思晴招來螢光蟲，讓牠沿著牆壁照亮前方，這才發現那裡還有條走廊。

因為視線不佳，所以她剛才只注意到走廊盡頭的門。

哭聲是從走廊裡傳來的。

俞思晴沿著走廊疾跑，離哭聲越來越接近，總算看到不遠處有扇已經打開的玻璃門。

她衝了進去，在滿是荊棘的花圃裡，看見一名身材嬌小纖細的女孩子。年紀看起來和她差不多，身上穿著單薄的連身裙，白皙的手臂和雙腿上，全都是荊棘刮傷的痕跡。

「妳沒事吧！」俞思晴著急地問。

聽見俞思晴的聲音，女孩才意識到有其他人在場，立刻停止哭泣。

她慢慢把臉轉向俞思晴，當俞思晴看見她的模樣時，當場愣住。

那是張連身為女生的她都會心動不已的漂亮臉蛋，從她身上感覺不出任何惡意，純潔得像聖經裡提到的天使。

絕對不誇張，這是俞思晴當下的真實感受。

「呃、妳……」俞思晴甩甩頭，好不容易讓自己的腦袋清醒一點，「我馬上把妳救出來，等等。」

連進去的入口都找不到，這女孩究竟是怎麼跑到裡面的？

俞思晴意識到這點，卻沒有察覺隱藏在其中的違和感，還認真思考如何把女孩救出來。

女孩歪頭盯著俞思晴，張開嘴，用好聽的聲音對她說：「妳是……人類？」

俞思晴嚇了一跳，沒想到女孩不只外表，連聲音都如此悅耳，讓她不禁紅起臉來。

「是、是啊。妳會這麼問……難道妳是武器ＡＩ？」

「不。」女孩甜甜笑著，「我是人類。」

彷彿從來沒有傷心哭泣過一般，女孩的態度，顯然有點詭譎。

心底被憂慮感搔得癢癢的，俞思晴開始發現事有蹊蹺。

「剛才的哭聲，是妳嗎？」

「是我。」女孩爽快地回答，「我在『灌溉』。」

「灌溉什麼？」俞思晴沒聽懂她的意思，心中的違和感也漸漸擴大。

女孩輕柔地撫摸荊棘，慢慢起身。

說也奇怪，不久前明明還傷痕累累的身軀，如今已完全復原。

接著，女孩從荊棘裡走出來。

當她完好無缺地站在俞思晴面前時，俞思晴已經拿出副手武器的光之弓箭，對準她那張甜美可愛的臉蛋。

「妳究竟是誰。」

女孩歪頭，「和妳一樣。」

回答完問題的瞬間，俞思晴鬆開弓弦，光箭貫穿女孩的臉，直插在正後方的牆面上。

俞思晴當場愣住，還沒反應過來，女孩纖細的手指已經掐住她的喉嚨。明明身材比她還要瘦弱，彷彿一吹就會折斷，女孩的力量卻力大如牛。

俞思晴彎曲膝蓋，朝她的腹部用力踏下去，利用向後彈的力道，好不容易才從她的手中掙脫。

「咳咳咳！」她抓著喉嚨，用力咳嗽，還沒恢復呼吸的節奏，就看見女孩身後的荊棘開始活動起來，迅速布滿周圍。

「妳……」

「奧格拉斯的神只能有一人，我絕對不會讓任何人奪走。」女孩仰頭，眼神黯淡無光，冷冽地注視著俞思晴，「這是我的棲身之所，不是妳的。」

俞思晴根本沒時間搞懂她話語中隱藏的涵義，因為那些荊棘像蟒蛇般迅速朝她襲捲而來。

俞思晴左閃右躲，閃避速度相當快的她，原以為能夠輕易擺脫，沒想到荊棘卻意外地纏人。

從荊棘的縫隙中，她看見女孩正輕鬆地哼著歌，裸露的雙腳踏著月光，自由地舞動。

「嗚唔！」

俞思晴才分心三秒鐘，視線就被荊棘阻擋，她連忙連翻三圈閃躲到倒塌的牆壁縫隙裡。

她剛剛通過的門已經被荊棘團團包圍，想從原本的地方離開是不可能的，只能找找看有沒有其他出口。

但俞思晴的心思，仍放在這名陌生女孩身上，腦袋不斷重播她說過的話。

奧格拉斯神只能有一人，這是什麼意思？

她還說她是人類……跟她一樣？

倒塌的牆面被荊棘狠狠劈成兩半，好在俞思晴先一步察覺，及時從縫隙裡逃脫出來，才沒被壓扁。

「她看起來不是武器ＡＩ，也不像是道具ＡＩ。」

只要使用系統道具，她就能輕鬆離開這裡，但問題來了。

從剛剛開始，她就無法打開系統背包。

不用想也知道，肯定是女孩搞的鬼。

「讚揚神，歌頌神，奧格拉斯是神聖且美麗的存在，至高而無上。」

女孩舞動著，用甜美的歌聲吟唱。

以荊棘和俞思晴戰鬥的聲響作為伴奏，上演著一場絕無僅有的表演。

「看啊，神那美麗而耀眼的存在；聽啊，神那孤單卻幸福的歌聲。」

砰砰！砰！

荊棘胡亂揮打在地，就像鞭子一樣，漸漸把俞思晴逼到角落。

而女孩繼續哼唱著。

「可憐的人們，遵從著古老的信條，造就了悲愴的未來。」

荊棘用力一拍，打在俞思晴的右小腿上。

俞思晴痛得眨眼，斗大的汗水流下，但她沒有示弱，而是迅速轉身，拉開弓箭。

鬆開手，光箭穿過荊棘間的細縫，再次刺向女孩。

女孩抬頭，看也沒看，單手抓住箭身。

她的眼珠慢慢轉移到俞思晴身上，瞳孔映照出她因痛苦而扭曲的面容。

「儘管掙扎吧，剛萌發的小小新芽，妳，無法成為神。」

手指捏碎光箭，荊棘將俞思晴團團包覆起來，捆成像是蟲繭的橢圓形。

仍隱約可以聽見俞思晴在裡頭掙扎的聲音，但很快就安靜下來。

女孩垂下手，拉起裙襬，重拾笑容沐浴在月光中。

她仰頭凝視月亮，閃動的雙眸充滿懷念。

「美麗的故鄉，我來迎接你了。永遠和我在一起吧。」

女孩的笑容依舊甜美，但那番令人匪夷所思的話，卻讓她的存在令人畏懼。

在女孩享受獨處的時候，捆繞俞思晴的荊棘裡，突然傳出聲響。

女孩愣了下，總算將注意力放在它身上。

幾乎沒有任何雜音的空間裡，傳出俞思晴冷靜且平淡的聲音。

「零距離狙擊。」

霎時，荊棘由內而外炸開，強勁的力道讓女孩站不穩腳步，雙手交叉擋在身前，一旁的荊棘也立刻在她面前纏繞，形成厚重的盾牌，替她擋住攻擊。

「咳、咳咳！」俞思晴從布滿煙霧的荊棘殘骸裡走出來，雙手像是被嚴重燒傷般泛紅，微微地顫抖。

多虧荊棘把她包住，她才有時間凝聚力量，一口氣反擊。

不過她也付出了代價。

用副手武器使出技能，會讓副手武器因為承受不住力量而損毀，也會讓使用者受傷。

但俞思晴根本沒時間顧慮這麼多，雙手受傷總比被女孩抓住來得好。

第六感告訴她，自己絕對不能落入女孩的手中。

眼看女孩還沒注意到她，俞思晴搖搖晃晃地往門的方向跑過去。

在荊棘從女孩面前退開前，順利逃脫。

女孩盯著滿地鮮血，順著它滴落的方向，望向那扇有著血手印的門板。

「看來不是新芽……而是小蟲子。」溫柔的臉緊緊皺起，露出怒容。

「逃吧，小小蟲子，逃吧——無論妳跑到哪去，我都會殺了妳。」

螢光蟲從縫隙裡鑽出來，抖抖甲殼上的碎石與泥土，張開透明翅膀，再次起飛。

牠隱藏光芒，黑暗中只聽得見翅膀拍打的聲響。

很快地，牠回到巴雷特所在的戰場，這四人的戰鬥，完全沒有要結束的跡象。

俞思晴躲藏在縫隙裡的時候，讓螢光蟲先帶著錄音筆回頭找巴雷特，怕的就是有個萬一。

既然這東西是特別留給巴雷特的，那她說什麼也得將它送達。

可是，巴雷特和夏尼亞仍在與那對男女纏鬥，根本沒注意到周遭發生的事，像是螢光蟲的存在，與消失不見的俞思晴。

刀刃與槍身碰撞，摩擦出火光。

夏尼亞與女人近距離戰鬥，不時扣下扳機。

槍口射出的子彈完全沒有沿著直線軌跡前進，反而像是受到控制般，追擊著女人射去。

女人頭也不回地將手臂形成盾面，彈開子彈，刀槍不入的身軀，讓她在戰鬥中占了上風。

「這女人太棘手了，巴雷特。」

「你長時間跟他們相處，難道沒有觀察出他們的弱點？」巴雷特用不屑的聲音回答。

被他小看，讓夏尼亞相當不爽。

「哼，少看扁我。」

夏尼亞不是傻瓜，早在決定要成為叛徒的時候，他就已經為脫逃做足功課，自然有思考過要如何對付這兩人，只不過——他還沒思考出結果。

在男人使用盾牌的情況下，看似無法攻擊，但武器ＡＩ能夠隨意將身體的一部分化為武器，能力雖然不及完全型態，卻足以對付敵人。

這兩人都經過相當扎實的戰鬥訓練，無論在防禦或攻擊的狀況下，都沒有半點讓人有機可乘的縫隙。

因此戰鬥才會拖這麼久都還沒結束。

「時間拖得越長對我們越不利，你知道吧？」

「知道，我也發現他們是在故意拖延時間了。」

「嗯，把我們牽制在這，肯定有什麼意圖。」

「話說回來，我正覺得奇怪，不知道為什麼，今天的戒備比以往都要森嚴……」

「意思是有重要的人需要保護？」

巴雷特話一說出口，夏尼亞馬上臉色鐵青。

還沒來得及回答巴雷特的問題，女人手中的長劍已經揮下，逼得他不得不閃開。

站在碎裂地面的女人，雙眼發出紅光，緊緊鎖定他們。

夏尼亞只好暫時無視問題，再次帶著狙擊槍上前迎敵。

沒想到，一隻蟲子的腹部阻擋了他的視線。

「唔噁噁噁！」夏尼亞嚇得渾身發冷，連忙把螢光蟲拔下來，但那觸感已經深深烙印在臉上，揮之不去。

巴雷特一眼就認出那是俞思晴的螢光蟲，立刻變回人形，螢光蟲轉而飛到他的肩上。

他看見螢光蟲的爪上有熟悉的東西，才剛接過來，女人的刀刃就迎面砍下。

幸好夏尼亞即時變回銀色長棍，替他擋住攻擊。

巴雷特握著長棍，耳邊傳來夏尼亞的怒罵。

「發什麼呆！」

「……我們該閃人了。」

「現在不就在為了順利閃人而戰鬥嗎……喂！」

夏尼亞的話還沒說完，巴雷特就已經掉頭逃走，這時他才發現從陰暗走廊慢慢走出的虛弱身影。

「小晴！」巴雷特瞪大眼，看見俞思晴渾身是血，嚇得連忙衝過去。

俞思晴見到巴雷特，頓時鬆懈下來，落入巴雷特懷中。

看見如此情況，夏尼亞變回人形，輕拍巴雷特的肩膀。

「到底怎麼回事？」

「我們太專心對付敵人了。」夏尼亞皺緊眉頭，察覺身後的敵人逼近，出聲提醒，「走，得快點離開。」

不再執著打贏對方的兩人，沿著牆壁跳往上層。

想當然耳，對方直接追了上去，根本沒有要放他們走的打算。

夏尼亞看這樣逃脫的機率太低，便停下腳步，為兩人爭取時間。

巴雷特發覺夏尼亞沒跟上來，也沒等他，不斷往上方出口前進。

「巴雷特！」頭頂突然傳來大神下凡的驚呼聲。

巴雷特順著聲音的方向，落在他面前。

看到俞思晴身受重傷，大神下凡的臉色變得相當難看，但他沒有多問。

「奧多？」巴雷特注意到奧多，發覺牠體內流失相當大量的魔力，大概猜到牠做了什麼，「沒想到你會在這。」

「對組織不順眼的可不只有你們而已。」奧多嘆氣，垂眼盯著俞思晴的雙手，「看起來她是在沒有你的情況下使用了技能，你這個搭檔到底在搞什麼？」

巴雷特緊緊摟住俞思晴的肩膀，「……抱歉，我們被纏上了，夏尼亞現在正在替我斷後。」

「什麼！」大神下凡聽見巴雷特說的話，連忙朝巴雷特來的方向看過去，果然在其中一層發現正被壓制住的夏尼亞。

他氣得咬牙，「那個笨蛋……又擅自逞強！」

巴雷特將俞思晴塞進大神下凡的懷裡，「我去幫他，你們帶小晴還有其他人離開。」

他看了眼已經失去意識的無緣人與受了傷的銀，在傷兵增加的情況下，他們必須把握時間，趕緊逃離這棟大樓。

有奧多在的話，應該不是什麼難事。

「我知道了。」大神下凡點頭承諾，巴雷特這才放心地回頭去找夏尼亞。

彷彿知道巴雷特離開了自己一般，俞思晴緩緩睜開眼。

她看到大神下凡難得露出的焦急模樣，忍不住笑出來。

「你那是什麼表情。」她稍微動了一下手臂，發現仍舊疼痛不已，難受地皺起眉頭，「嘶……好痛……」

「別亂動，我們現在就離開，帶妳去治療。」

看著俞思晴身上的傷，如同千刀萬剮，令他心疼又自責。

「巴、巴雷特呢……」俞思晴睜開眼，沒看見巴雷特，讓她擔心地蹙眉，「那個笨蛋，又擅自離開自己的搭檔……」

她邊說邊推開大神下凡，想要自行下來行走，卻被大神下凡抱得更緊。

「別亂動，妳還有傷在身！」

「我要去巴雷特身邊。」

「不行，現在妳過去的話只會讓情況變得更糟。」

失血過多的俞思晴，視線開始模糊，但她確實看見了趴在大神下凡肩膀上的奧多。

於是她咬著牙，臉色蒼白地對奧多說：「這種傷，你能馬上幫我治療吧？」

奧多看著俞思晴顫抖著雙手朝牠伸過來，啞口無言。

「奧多，拜託你。」

奧多閉口不語，實在不知道該怎麼面對俞思晴。

這分固執，跟巴雷特還真有點神似。

拗不過俞思晴的執著，奧多總算妥協。

「我可以幫妳止血，但這只是應急處理，妳如果太過逞強的話，雙手搞不好會廢掉。」

「奧多！」大神下凡怒吼，「你別插手！」

明知自己體內魔力已經所剩不多，還硬要幫俞思晴治療，根本就是找死！

無視大神下凡的抗議，奧多閉上雙眼，全身發出金光，籠罩在俞思晴的雙手上。

血止住了，也沒有灼燒般的疼痛，俞思晴的呼吸慢慢恢復平順。

但治療還沒結束，奧多就已經汗流滿面地從大神下凡的肩膀摔了下來。

「真是！所以我才叫你別逞強，為什麼都沒人聽我的話！」大神下凡急忙抓住奧多，無奈地嘆口氣。

同一時間，他和俞思晴感覺到一股強大的壓迫感。

俞思晴和大神下凡立刻轉頭，看著飄浮在眼前的嬌小身軀，與藏在粉色髮絲下、微微上揚的嘴角。

「找到妳了。」

冷冰冰的聲音，讓兩人愣在原地，無法動彈。

少女揮手向下，捲在手臂上的荊棘迅速伸出，形成一把長劍。

俞思晴率先回神，大聲喊道：「螢光蟲！」

螢光蟲筆直飛向上方，散發出耀眼的光芒，照亮大樓內所有陰暗的角落，同時也讓在場的人，看不清楚發生了什麼事。

少女閉起眼，努力睜開半眸，這才發現有個人影正迅速接近自己。

雖然她即時舉劍防禦，卻仍被對方的擊中，整個人如同子彈般直線墜落到大樓底層。

「砰」的一聲巨響，四周的光芒凝聚成一顆球體，從螢光蟲的身體裡抽離，螢光蟲搖搖晃晃地掉下來，消失在程式碼的光芒裡。

光球迅速鑽入已經拉開的弓箭中，光箭變得比之前還要更加耀眼，隱約還能看出七彩虹光。

俞思晴不知道什麼時候已經拿出武器，站在斷裂的地面邊緣，箭頭對準落地的少女。

下一秒，她鬆開了弓弦。

箭身如同漩渦般捲起，形成巨大的光柱，重擊在少女身上。

強大的攻擊力道，將地面貫穿，在附近樓層打鬥的四人也受到影響，目不轉睛地盯著少女與俞思晴。

「小、小晴，妳在做什麼？」巴雷特張大嘴，用幾乎沒人能聽見的音量問道。

夏尼亞則是一臉嚴肅地看著俞思晴攻擊的地方。

瀰漫的煙霧，突然被荊棘從兩側掃開，被荊棘保護在其中的少女，低著頭，散發出駭人的殺氣。

見到少女的瞬間，夏尼亞與巴雷特驚訝得瞪大雙眸。

「什……她怎麼會在這？」

「該死，沒想到最棘手的傢伙出現了。」

少女彷彿聽見兩人的聲音，朝他們所站的地方看過去。

夏尼亞和巴雷特震了一下，心頭捏把冷汗。

與他們為敵的男女搭檔，趁他們分心的時候再次攻了過來，才讓兩人回過神。

此時少女已把目光收回，仰頭看著站在上方的俞思晴。

「……大神，你們有辦法離開嗎？」

「呃，奧多說牠有辦法，但牠現在……」

「那就沒辦法了。」俞思晴皺起眉，「道具ＡＩ如果還處於啟動的狀態，就表示使用者還有意識，只有把使用者打倒才有辦法解除。」

「我說妳該不會是——」

大神下凡猜到她的意圖，正想阻止，俞思晴卻已經縱身跳下。

俞思晴稍微彎曲膝蓋，安穩地落到少女面前。

少女抬起美眸，「妳想面對面跟我戰鬥？」

「只有這樣才能夠阻止妳繼續追著我。」俞思晴收起弓箭，轉而拿出長劍，打算用和對方同樣的武器進攻。

少女笑道：「也罷，我的目標只有妳。」

雙方同時消失在原地，身影閃現在彼此眼前，以俐落的劍法互相揮砍。

她們的攻擊沒有絲毫讓人喘息的空間，招招逼人，兩方都沒有要退讓的意思。

無論刀刃劃破衣服或皮膚，甚至是割斷髮絲，都無法阻止她們的戰鬥。

大神下凡看得目不轉睛，他知道俞思晴很強，也對她充滿信心，只是沒想到那名身材纖細的美少女，居然與她不相上下。

這年頭，女人都比男人還要厲害了。

「妳為什麼要針對我？是因為組織的命令嗎？」

「命令？呵，沒人可以對我下令。」

「那妳究竟——嗚！」

長劍刺向俞思晴的臉，她向後縮起脖子，勉強躲過，保住了自己的臉蛋。

她往後跳開，打算拉開距離，重新擺好架勢，沒想到少女卻迎面衝向她，根本沒有給她喘息的時間。

俞思晴一下子處於劣勢，只能不斷防禦少女的攻擊。

雙手雖然已經止血，但還是有點無力，讓她沒辦法使出全力。

相反的，少女的攻擊不但猛烈，還針對她的弱點攻擊。

和她交手後俞思晴明白了一件事，這名美少女，絕對不是什麼柔弱的女孩，而是經過戰鬥訓練的高手。

果然，外表是會騙人的，美豔的花往往孕育著最毒的果實。

俞思晴咬牙苦撐，她不能在這裡認輸，得想辦法製造讓其他人逃走的機會。

要是他們所有人都栽在這裡，就沒有人能阻止奧格拉斯組織的野心了。

下定決心的俞思晴，並非打算自我犧牲，然而少女卻看穿她的雙眸，知曉她的念頭。

「想要讓伙伴離開嗎？那麼，來交換條件吧。」

「什麼？」

兩人的劍交叉，與彼此的臉只有短短幾公分距離。

在只有她們能夠聽得見的距離下，少女提出了自己的意見。

「讓我砍妳一劍，我就解除屏障。」

「開什麼玩笑！」

「憑現在的妳是傷不了我的，這可是妳唯一的機會。」

「這種荒謬的條件我怎麼可能會答應！」俞思晴氣得瞪大眼，反手從袖口掏出銀針，使勁射出。

少女見狀，不慌不忙地用荊棘甩開銀針，向後跳開。

「我可是給過妳機會了。」

她笑著蹬步，眨眼間便竄至俞思晴胸前。

俞思晴來不及防禦，兩人視線交錯的剎那，俞思晴的腹部被長劍貫穿。

她從嘴裡咳出鮮血，臉因痛苦而扭曲著。

少女露出天真可愛的笑容，任由俞思晴的鮮血滴在自己的臉頰上。

正當她以為自己已經勝利的時候，俞思晴嘴角露出的微笑，卻讓她驚愕地回過神。

俞思晴放開劍柄，但長劍卻沒有落地，而是穩穩地刺穿少女的身體。

意識到自己受傷的同時，少女連忙拔出長劍，雙腿無力地跪在地上。

「妳……妳……」

「只有在妳以為自己殺了我的瞬間，才會露出破綻。」俞思晴笑著。

少女火冒三丈，看著說完狂妄發言後便倒地不起的俞思晴。

她拔出長劍，硬生生將它捏碎。

「聰明的女孩，竟然能傷得了我，那麼——我便依約給予妳獎勵。」

少女壓著出血的傷口，低聲念咒。

從她的身下張開巨大的魔法陣，耀眼的光芒一下子將整棟大樓籠罩。

察覺少女使用的是什麼魔法的巴雷特，丟下夏尼亞，迅速奔向俞思晴，在她被光芒吞噬的前一秒，緊緊將人摟入懷中。

「俞——嗚！」大神下凡還來不及看清楚發生什麼事，再次睜開眼的時候，整棟大樓已經恢復原樣、完好無缺，沒有半點遭受攻擊的痕跡。

唯一的問題是，距離那名少女最近的俞思晴、巴雷特與夏尼亞，連同敵人一起消失了。

「這是……怎麼回事？」大神下凡兩眼無神地呆滯在原地，腦袋無法運轉。

「你沒事吧？」臉色蒼白的銀起身走過來，輕拍他的肩膀。

他也同樣擔心消失不見的俞思晴他們，但不知道的事情實在太多了，他根本無從整理起。

現在他只知道，大家都需要好好接受治療。

「我們先離開這裡，相信她吧。他們不會有事的。」

大神下凡轉頭看著銀，知道他也很不安，但他說得沒錯。

「我們走。」大神下凡起身，扛著銀虛弱的身軀，回到獅子身邊。

獅子點點頭，載著所有人鑽出牆壁，趁著夜色遠離大樓。

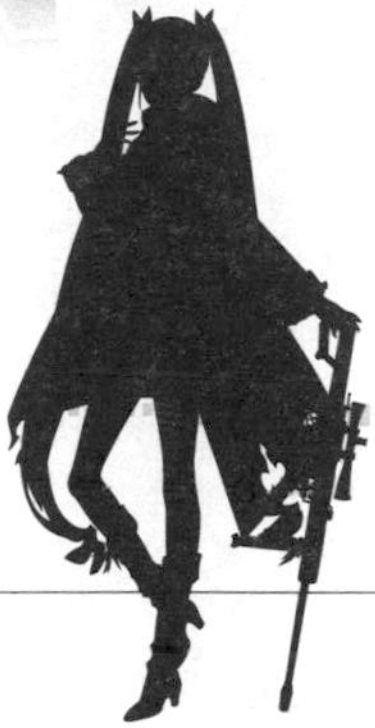

第三章　倒數計時（上）

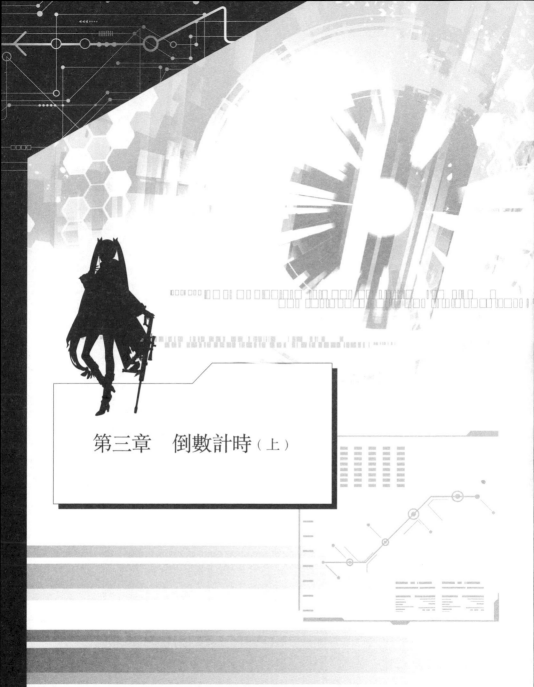

冷冰冰的水滴落在俞思晴的臉頰上，她皺緊眉頭，慢慢睜開眼。

映入眼簾的是有著鐘乳石的天花板，剛才的水，便是沿著它滴下來的。

明明應該在都市大樓裡的她，不知道什麼時候跑到洞窟內，身旁一個人也沒有，孤獨地躺在這。

不過，洞窟內的光線相當明亮，她躺的地方也離洞口沒有多遠。

洞窟內除了鐘乳石之外，還有座小湖泊，不知道是不是因為它的關係，所以洞窟裡有些冷颼颼的，害她直打冷顫。

「痛！」原想撐起身體，沒想到輕輕一動就扯到傷口，害她差點沒把自己的嘴唇咬破。

低頭看過去，發現被貫穿的腹部已經復原，只剩下破裂的衣服與沾滿血跡的布料。

昏倒前的記憶一下子灌入腦海，她抱著頭，痛苦萬分地皺眉。

「嗚嗯……這裡到底是哪……」

「妳醒了。」

還沒完全坐起身，肩膀就被溫柔地抓住。

俞思晴嚇了一跳，茫然抬頭，對上巴雷特溫柔的目光。

緊繃的心忽然鬆開，巴雷特看到俞思晴順利清醒過來，也鬆了口氣。

原以為會被巴雷特責罵，沒想到卻聽見巴雷特語重心長地對她說，「看來我們彼此都太愛逞強了。」

「逞強的是我，那個女孩子……是很難應付的對手。」

聽見她提起少女的事，巴雷特的眼神頓時變得黯淡無光。

俞思晴只顧著疼痛的身軀，沒有注意到他一閃即逝的表情，慢慢站起來。

「巴雷特，是你替我治療的嗎？」

「嗯，利用這個地方的泉水。」

巴雷特跟著起身，小心翼翼地觀察俞思晴，確認她沒有其他不適的地方。

「其他人呢？」

巴雷特搖搖頭，「不知道，在這裡的只有妳跟我而已。」

「這麼說起來……我們現在在哪？」

「幻武神話。」

「遊戲裡？沒有透過實境裝置，我怎麼會——」

「是魔法，她強制把妳直接傳送進來。」巴雷特輕輕捧起她的髮尾，「因為不是透過正規方式登入，妳現在是維持現實世界的外貌，而非『泡泡鈴』。」

經過巴雷特提醒，俞思晴這才發現自己的髮色沒有改變，連忙衝到湖邊。湖面映照出來的是自己原本的面貌，這讓她當場臉色鐵青，嚇到說不出話。

「怎、怎麼會這樣！我我我、我究竟是……」

「別緊張，小晴。」巴雷特從背後摟住她，嘴唇溫柔地在她的後腦勺磨蹭，「因為妳和我是締結契約的關係，所以這很正常。再說，事情結束後，妳也會以這副面貌和我一起回到奧格拉斯。」

「我的腦袋可以理解，但還是習慣不了。」

「那就慢慢來吧，我們還有很多時間。」

巴雷特溫柔地親吻她的頭髮，被人用如此溫柔的態度對待，俞思晴慌張的心也漸漸冷靜許多。

「『泡泡鈴』是遊戲賦予妳的身分，但『俞思晴』才是真正的妳。」

「唔、我……我知道啦。」俞思晴嘆口氣，巴雷特果然很厲害，一下子就能撫平她的不安。

她舉起兩指一滑，果真能順利叫出系統，視窗畫面也和登入遊戲時一模一樣，上頭印著《幻武神話》的logo，這讓她不得不相信自己已經在遊戲世界中。

「不過要用這副模樣在遊戲世界行動，會有點麻煩，所以還是要想個辦法。」

俞思晴拿出一條有著捕夢網吊飾的項鍊，掛上脖子。

她的外表和服裝瞬間轉化為自己的遊戲角色「泡泡鈴」。

巴雷特目瞪口呆地看著這方便的道具，把人摟得更緊。

「這道具是……什麼？」

「如你所見，是『捕夢網』。它能複製其他人的外貌，戴上後就能讓人變成它記憶中的面貌。」

「複製？那妳複製『泡泡鈴』的外貌是想做什麼？」

「沒有啦，因為我是跟安一起拿到的。」俞思晴嘟起嘴，聲音聽起來有些心虛，「安說想要耍歡迎光臨，所以我們說好要複製彼此的外貌來玩個交換身分。」

說完，俞思晴悄悄地朝巴雷特看過去，果不其然，巴雷特的臉色黑到不行，簡直像能用眼神把人殺死。

「唔！你、你別生氣啦。」

「我可不會允許妳去玩這種荒唐的遊戲。」

巴雷特生起氣來真的很可怕，俞思晴根本不敢回嘴，只能默默縮在他的懷裡。

見俞思晴多少有在反省，巴雷特很快就消除內心的怒火，至少他在事發之前就成功阻止了，天曉得俞思晴到底打算和安做什麼好事。

「妳是什麼時候拿到這種道具的？」

「這是在之前的期間限定活動打到的，我還有兩個。」

「期間限定活動？為什麼我不知道？」巴雷特瞇起眼，相當懷疑。

明明只要俞思晴上線，他都寸步不離地跟在身旁，俞思晴參加過的任何活動以及副本，他不可能不知道。

俞思晴心虛地摳摳臉頰，「呃，因為這個活動限制幻武使不能使用武器ＡＩ，所以我趁你去定期保養的時候……」

巴雷特垮下臉，沒想到俞思晴竟然如此「善用時間」。

不過，這個道具確實很方便。

「能維持多久時間？」

「除非道具毀損，或使用者自己拿下來，不然就會一直維持這個模樣，比較麻煩的是，它只能使用一次。」

「好吧，看在這個道具很方便的分上，我就原諒妳了。但下不為例。」

巴雷特一臉認真地盯著她看，無可奈何的俞思晴只好點頭承諾。

就在這時，整個世界突然天搖地動，鐘乳石在兩人頭上搖搖晃晃，甚至開始出現裂痕。

巴雷特眼看狀況不對，連忙拉著俞思晴跑出洞窟。

兩人後腳才剛離開，洞窟便整個崩塌，揚起的塵埃害他們咳個不停。

「咳咳咳、咳！小晴，妳沒事嗎？」

「咳、咳咳……我、我還好。」

俞思晴雙手扶著膝蓋，稍作喘息後，轉身往洞窟的方向看過去。

已經完全看不出原本是個洞窟的樣子了，可見剛才的震動有多麼強烈。

「《幻武神話》居然有地震系統？」

「不，那並不是地震。」

巴雷特流下汗水，似乎已經察覺出原因。

俞思晴沒見過巴雷特這麼緊張，湊巧在這個時間點，系統傳出私訊訊息的聲響。

她才剛打開，安焦急的聲音與影像畫面馬上跳了出來。

『啊！小鈴！妳在哪裡？』

『呃……安？』俞思晴沒想到安會開啟視訊，有點不知所措。

她的背景是倒塌的洞窟，感覺像剛經歷過一場劫難，不過安那方也不遑多讓。

從聲音和畫面可以看出安的周遭有不少玩家，每個人都慌慌張張的，不時還傳出哀號聲。

俞思晴正色問：『安，怎麼回事？』

『我也不知道，剛才系統突然整個當掉，所有人的武器ＡＩ都不見蹤影，而且……而且……』安的聲音充滿恐懼，『不知道為什麼……現在在線上的所有玩家，全都無法登出遊戲……』

俞思晴愣了下，想起那名少女的事之後，越來越覺得不妙。

『不、不會吧……』

這下她終於明白，為什麼自己會出現在這裡。

她和登入遊戲的玩家們，全都被囚禁在虛擬空間「幻武神話」中。

聽見這個消息的巴雷特，反應倒是很冷淡，應該說他早就知道對方打什麼主意，因此不覺得意外。

「她把我們當成人質。」俞思晴火大地握緊拳頭，「可惡……因為我的關係，連無關人員也被牽扯進來了。」

看來她那一劍，並沒有給予對方多少傷害。

若那名少女真的是「人類」，絕不可能完好無缺。

『小鈴，妳、妳怎麼了？』

安發現俞思晴的表情前所未有地可怕，突然有些畏懼。

俞思晴連忙鬆開皺緊的眉頭，暫時壓下心中的怒火。

『安，妳在哪？我去找妳。』

『我、我在主城。現在大家都聚集在這裡……而且因為緊張的關係，城內氣氛有點火爆。』

「到亞比列格城去。」巴雷特在俞思晴的耳邊低語。

俞思晴愣了下，「亞比列格？為什麼？」

「現在先別多問，聽我的。」

俞思晴沒辦法，只好點點頭，對安說道：『安，我們在亞比列格城門口見。』

『好……』安膽戰心驚地朝巴雷特看過去，發覺她的視線，巴雷特有些不快。

只是稍稍皺眉，安就嚇得手忙腳亂，連忙把通訊關掉。

就連俞思晴也被安的反應搞得滿臉困惑。

「安看起來怪怪的。」

「嗯，她剛剛提到武器ＡＩ都不見蹤影的事。」

「所以她才會覺得你在我身邊很詭異吧。」

巴雷特又開始低頭思索，「總而言之，先掌握目前的情況，再來思考解決辦法。」

「好，得在傷害範圍擴大前，想辦法解決這個問題才行。」

俞思晴朝巴雷特伸出手，讓他變回武器狀態後背在背上，以疾步迅速前往與安約定的地點。

到達亞比列格城外的俞思晴，躲在附近的制高處，俯瞰整座城的狀況。

從外表看來，亞比列格城相當安靜，安靜到讓人懷疑。

雖然安說大多數的幻武使都聚集在主城，但亞比列格城好歹有三個公會共同駐守，不可能連一點動靜也沒有。

而且周遭張開了防禦結界，顯然是在保護著什麼。

俞思晴蹲在山崖上，打開系統，快速掃過公會成員的名單。

「該說我們公會的人都被幸運女神眷顧還是……沒想到目前在線上的，居然只有會長一個。」

掃完名單的俞思晴感到頭痛萬分，整個公會裡顯示「上線」的，只有她跟耀光精靈。

明明耀光精靈是個相當幸運的女孩，怎麼偏偏在這個時候出槌。

「這麼說，是耀光精靈打開城內結界的？」

亞比列格城的結界只能從裡面打開，如此一來就能解釋了。

「總而言之，先跟會長取得聯繫再說。」

俞思晴繼續掃著好友名單，她的朋友不多，很快就能看完，但她卻有些走神。

「吶，巴雷特。安說武器ＡＩ全都不見蹤影……你知道是怎麼回事嗎？」

巴雷特垂下眼，「不，我不清楚。」

「奧多能跑到我的世界去，難道說其他武器ＡＩ也可以？」

「可以是可以，但我不認為他們會這麼做，畢竟大量進入妳們世界的話，反而會讓《幻武神話》加速崩潰，而且在伺服器被毀掉的瞬間，大家都會知道。」

「因為我們解除了束縛武器ＡＩ的東西？」

巴雷特點點頭，「得到自由後，武器ＡＩ就不再受組織控制，我想應該有些人放棄與組織為伍，不想殺害幻武使，所以回到奧格拉斯了吧。」

「可以回去嗎？」俞思晴相當驚訝，「但是荒蕪沙漠不是……」

「既然武器ＡＩ的限定解除，荒蕪沙漠的結界也會跟著消失。」

「原來……如此……」俞思晴摸著下巴思索，忽然想到了什麼好點子似地兩眼一亮。

巴雷特見她躍躍欲試地盯著自己，就猜到她在想什麼，趁她說出口前就先否決了她的想法。

「不行，不可以。」

「我什麼都還沒說。」

「妳以為我猜不出妳的想法？」巴雷特嘆口氣，「再說，難道妳不覺得這是陷阱？她就是要故意引妳過去。」

「但我也不能一直待在這裡啊，得趕快回去才行。」

「她說得沒錯，巴雷特。我們不能待在這裡。」

兩人身後的樹叢傳出沙沙聲響，巴雷特聽見這個聲音，立刻將俞思晴護在身後，咬牙切齒地瞪向從陰暗處慢慢現身的夏尼亞。

「夏尼亞！」俞思晴驚訝不已，沒想到不只她跟巴雷特，連夏尼亞也被扔進來了！

夏尼亞冷眼掃過俞思晴，「我算是被牽連的，因為剛好在離你們最近的地方，想逃也逃不掉。」他邊說邊皺緊眉頭，看得出心情相當不好。

「而且還花了點時間找你們……真是讓人好找啊，居然跑到這裡來。」

「你找我們做什麼？」巴雷特起身，眼神凶惡，像是要把夏尼亞生吞活剝一樣。

夏尼亞也不遑多讓，視線冰冷，看得出他對兩人一點興趣也沒有。

不過他倒是沒有散發出敵意，不如說，現在的他除了心情不好之外，並無危險。

「那女人把我們扔進來，可不只是想要把我們囚禁起來這麼簡單。」夏尼亞將視線轉移到俞思晴身上，「妳知道為什麼其他幻武使會這麼慌張嗎？」

「什麼意思？」俞思晴愣住，想起安的不正常反應，坦白說她確實有些在意。

「我去主城調查過了，在我們進入這裡之前，就已經發生幻武使無法登出的情況，同時還有一封系統信件寄到被滯留的幻武使們的系統裡。」

說到這，夏尼亞瞇起雙眸，兩手環胸，相當認真。

「信件內容是倒數計時器，也就是說，在計時器歸零後，《幻武神話》將會殞落。」

巴雷特和俞思晴瞪大眼睛，不敢相信自己的耳朵。

《幻武神話》將會殞落？難道說女孩的目的，並不是把他們當成人質，而是想把《幻武神話》毀掉？這不可能！

「為什麼！那女孩難道不是組織的人？如果組織的目的是要建立兩個世界的『連結』，就不可能把最重要的《幻武神話》給——」

「妳還不懂嗎？她的目的已經達成了。」夏尼亞垂眼，不經意與巴雷特交換眼神，「她根本沒有打算將奧格拉斯傳送到妳的世界，而是單純地想要回到故鄉，回到她原本所在的世界。」

「她、她的世界……」

聽見夏尼亞說的話，俞思晴有些不敢置信。

但想起少女的行為還有詭譎的發言，以及她曾說過自己是「人類」這件事——夏尼亞的話在她耳中聽起來，不像是拐騙她信任的謊言。

「那個女孩……究竟是誰？」

聽見俞思晴問出口的瞬間，巴雷特和夏尼亞同時沉默。

兩人還沒來得及開口，亞比列格城的方向便傳來爆炸聲響。

俞思晴連忙轉身，透過技能能清楚看到在城門口的方向有人聚集，甚至使用各種武器破壞防禦。

「那些人究竟想做什麼？」

俞思晴沒見過那些搞破壞的玩家，卻在那附近看到跟她約定好要在這會合的安。

眼看安就要被捲入無端的紛爭，俞思晴迅速朝巴雷特伸手。

「糟糕，那數量……不能讓安一個人！巴雷特，我們走！」

巴雷特變回白色狙擊槍，落在她的懷裡。

眼看兩人要離開，夏尼亞也不再沉默，主動叫住她。

「等等，也帶上我。」

俞思晴愣了下，有些猶豫地看著夏尼亞。

她不知道該不該信任這個男人，但……大神下凡相信他，而且對大神下凡來說，他是相當重要的搭檔，否則就不會堅持要救他。

「好吧。」俞思晴看在大神下凡的面子上，決定將他視為同伴，朝他伸手。

夏尼亞仍臭著臉，但皺緊的眉頭，稍微放鬆了一些。

他變回銀色長棍，讓俞思晴背在身後。

準備好之後，她帶著兩人直接從山壁滑下去。

亞比列格城門口聚集的幻武使，脾氣相當暴躁，越接近就越能聽見他們吆喝的聲音。

「給我出來！你們沒資格封城！」

「絕對是你們在搞鬼吧！不然為什麼除了你們之外的人，武器ＡＩ都不見了！」

俞思晴聽見吵鬧又氣憤地抱怨後，才會意過來。

亞比列格城內有人？那麼應該就是耀光精靈了吧。

可是，這些人說耀光精靈的武器ＡＩ沒有離開……這是怎麼回事？還沒得出結論，她就已經現身在這群人背後。

手裡捧著狙擊槍，忽然出現的藍髮少女，讓所有人都驚呆了。

其中有人很快就認出俞思晴的身分，大聲喊道：「這、這傢伙是新傳說聯盟的藍色閃光！」

「什麼！那個有名的王牌嗎？」

「該死，她怎麼會出現在這，明明之前確認過她不在線上的啊！」

俞思晴瞇起雙眸，單手舉起白色狙擊槍，往上空扣下扳機。

「流星雨。」

射出的子彈分散成無數，形成完美的倒U形後墜落，貫穿在場所有幻武使的身軀，給與重擊。

「嗚哇啊！」

「快、快找掩護！」

幻武使們往四處散開，有人被打到重傷不起，也有些人只是受到較少的攻擊。

俞思晴將槍口面向下，站直背脊，冷眸掃視鬧事的傢伙。

站在城門口的她，宛如凶惡的看門狗，讓這些幻武使不敢輕舉妄動。

「這裡是新傳說聯盟的地盤，不許你們亂來。」

「什……什麼啊！果然新傳說聯盟有問題，為什麼……為什麼妳的武器ＡＩ還在！」

其中有人憤恨不平地怒吼，接著其他人也跟著吆喝起來。

「就是說！搞什麼，那個倒數計時也是你們的傑作吧？」

「居然做出這種綁架行為，別以為網路警察不會找上你們！」

「恐怖分子！他們絕對是恐怖分子！」

俞思晴已經無言以對了。

看來無法登出的恐懼，讓這些人失去判斷能力，把苗頭對準還持有武器ＡＩ的幻武使。

雖然她能理解，但毫無證據的懷疑，依舊令人惱怒。

「你們這些頭腦簡單，四肢發達的笨蛋！大家都是同條船上的人，為什麼要互相猜忌！」

從沒如此大聲怒吼的俞思晴，對這些人提出不滿。

也許是因為今天遭遇的事情實在太多，所以總算爆發了吧。

「現在最重要的是想辦法離開遊戲，不是嗎？你們這些愚蠢的笨蛋，不一起想辦法，而是把罪過強加在他人身上，到底對現在的狀況有什麼幫助！」

所有人愣在那，視線集中在俞思晴那張氣呼呼的臉龐上。

她說得很有道理，讓人無法反駁，於是這些鬧事的傢伙終於安靜下來。

俞思晴發覺自己失態，紅起臉來，輕咳兩聲。

「咳、咳咳，所以我的意思是，現在不是我們內鬨的時候，針對擁有武器ＡＩ的玩家並不是好主意。」

在她說完後，眼前的幻武使們一個個腿軟跪下。

「那妳說我們該怎麼辦……」絕望的聲音，狠狠刺痛俞思晴的心。

「只剩下三小時了啊……倒數計時器……」

「嗚哇！我不要在遊戲裡死掉啊！」

沒有收到系統信件的俞思晴，無法得知現在還剩多長時間。

看來壓迫這些人的，不單單只是對未知事情的恐懼，還有僅剩的時間。

消失的每分每秒，都像是酷刑，活生生地折磨所有人。

眼前絕望的景象，讓俞思晴握緊拳頭，下定決心要保護他們。

就在這時，亞比列格城的防禦魔法消失了。

城門口出現一抹翠綠色身影，對俞思晴露出溫柔的微笑。

「小泡泡。」

「會長！」

俞思晴看見耀光精靈，開心地衝過去抱住她。

耀光精靈摸摸她的頭，「呵呵，這還是小泡泡第一次主動跑過來抱我呢。」

「啊！抱、抱歉，我太開心了所以……」俞思晴連忙鬆開手，卻又被耀光精靈緊緊抱住。

「沒關係，小泡泡妳沒事就好。」

「呃、會……長？」

俞思晴覺得耀光精靈似乎有點不太對勁，在這同時，她看見耀光精靈的身後，慢慢有人聚集過來。

除了與新傳說聯盟有合作關係的另外幾個公會成員之外，還有她熟悉的人。

「狂戰王、鈴音小姐，連你們也……」

在場所有人都持有著原本的武器ＡＩ，看來這就是為什麼外面的幻武使會將他們視為敵人的原因。

他們的武器ＡＩ，都沒有背離自己的主人。

「喂，耀光！妳打算抱多久！」狂戰王不爽地將兩人分開，火冒三丈地瞪著她，

「都什麼時候了，妳能不能正經點。」

「哎呀，因為小泡泡難得黏著我嘛，太高興了所以……耶嘿！」

耀光精靈吐舌頭眨眼睛，故意裝可愛，卻換來狂戰王的一記拳頭。

好在她靈巧地閃過，加上狂戰王無意真的打中，所以相安無事。

「你們也被困住了嗎？」

「嗯，是啊。」鈴音苦笑道，「畢竟上線時間的限制解除，很容易就會讓人玩到忘記時間，所以被困住的玩家挺多的。」

自從銀的事情後，俞思晴就沒辦法好好面對鈴音。

知道實情卻不阻止，反而害鈴音跟銀的關係變得這麼尷尬，她也有錯。

而且之前她還把鈴音打到瀕死……想當然耳，鈴音肯定很討厭她。

「鈴、鈴音小姐……」俞思晴不知道該怎麼做才好，眼神不自然地飄移著。

沒想到公會之外的鈴音竟然也會在這裡。

鈴音見俞思晴沉默，沒有多說什麼，反倒是耀光精靈湊了上來，搭住兩人的肩膀。

「我好不容易才讓鈴音重新回來玩遊戲，沒想到就遇上這事，我的運氣還真是好到不行。」她的語氣裡雖然有幾分沮喪，但也充滿希望，「但是，我相信自己的運氣，畢竟有妳在啊，小泡泡。」

「不，那個……會長您太看得起我了。」

連自己的事情都搞不定的俞思晴，相當心虛。

然後狂戰王又黑著臉衝上來，把耀光精靈搭在俞思晴肩上的手用力拍開。

「都說了別碰她。」狂戰王凶神惡煞的模樣，簡直就和流氓一模一樣。

「哎——你還真愛惜她。」

「這是當然。」狂戰王臉不紅氣不喘地回答，「因為她是我要追的女人。」

俞思晴已經放棄吐槽了。

「小鈴？」

就在他們聊天敘舊的同時，城門口傳來安的聲音。

俞思晴連忙跑過去，「安！」

兩個女孩一見到彼此，開心地抱在一起，安也忍不住哭出來。

「嗚哇啊啊！我、我好害怕——」

「咦？」俞思晴愣了下，這才發現安隨時帶著的白色武士刀，並沒有在她身上。

記得和羅貝索恩分開時，他確實說過要回到安的身邊，沒想到他竟然不在。

「妳的武器ＡＩ呢？」

「嗚嗚嗚那個笨蛋丟下我不知道跑去哪了啦！」

「什麼？難道也被鎖在外面了嗎……不，就時間上來說應該不會才對。」

思索兩人分開的時間，羅貝索恩應該已經回到《幻武神話》裡了才對，若他沒有順利與安見到面，也就是說——有誰拖延了他的腳步。

「總而言之，先進來吧。」一方面擔心羅貝索恩，一方面也不得不先確保安的安危，俞思晴只好先牽著安回到其他人身邊。

俞思晴用認真的表情，對在場所有人說道：「我有話跟大家說。」

再這樣下去，所有人都會跟著《幻武神話》這款遊戲一起消失，她絕對不會讓這種事發生，所以，她做出了決定。

「小泡泡，看來妳已經有解決辦法了。」耀光精靈很清楚，俞思晴露出的表情代表什麼意思，所以笑得很開心。

俞思晴點點頭，「我確實有辦法，但需要大家協助。因為我不只要保護現在在這裡的人，其他玩家我也想一起保護。」

在場的人聽見俞思晴的發言後，一個個面有難色，唯獨了解她性格的狂戰王與耀光精靈，不假思索，果斷站在她那邊。

「只要是妳的決定，我不會有任何異議。」狂戰王用篤定的眼神對她說，「我們大劍之王會全力協助。」

「什麼啊，你還真容易被收買。」神域的會長木瓜，一臉厭惡地盯著他看，「你是她養的狗不成？」

「有什麼關係？反正我們現在也束手無策。」泰迪熊走上前，「既然走頭無路，那麼聽聽她的說法也沒差，不過——」

她露出危險的眼神，尖銳的目光刺向俞思晴，「我會視妳說出口的話來決定，Monster是不是該提供協助，若有必要，Monster也有可能與你們為敵。」

「沒問題，絕對是你們不會拒絕的提案。」俞思晴勾起嘴角，「因為這個辦法，能保住所有人的命。」

沒有人必須因為那個女孩貪婪的個人欲望而送命。

她絕對，會保護所有人！

第四章　倒數計時（下）

Sniper of Aogelasi

亞比列格城內聚集的，不只與新傳說聯盟有同盟關係的三個公會，還有其他同樣擁有武器ＡＩ的幻武使。

在耀光精靈的解說下，俞思晴才明白待在這座城裡的，全都是有武器ＡＩ跟隨的玩家。

在系統無法登出的同時，武器ＡＩ們似乎也分成兩派，只有少數幾個人的武器ＡＩ沒有離開自己的幻武使，因此其他玩家便把矛頭指向他們。

耀光精靈無可奈何，只好起身保護他們，將亞比列格城當作類似集中營的地方。另外也有像安這樣，被武器ＡＩ拋棄，又因為無法登出而陷入恐懼的玩家，耀光精靈也一視同仁地列為保護對象。

她的運氣很好，另外三個公會也與她有相同的想法，所以他們才會聚集在這裡，並封鎖亞比列格城，不讓那些火爆的幻武使攻擊。

「明明現在大家應該同心協力地想辦法離開才對，不知道為什麼，那些人就只想把問題往其他人身上丟。」耀光精靈忍不住嘆氣。

「有指責的對象，就能夠抒發心裡的壓力。」俞思晴冷靜地回答。

「話說回來，小泡泡，妳怎麼會在線上？」耀光精靈眨眨眼，「在系統發生錯誤後，我明明確認過公會成員名單……妳當時並沒有登入。」

俞思晴嘆口氣，轉而將問題丟回給她，「我才想問，為什麼我們公會只有妳一個人在線上？」

耀光精靈雙手扠腰，向她炫耀，「哼哼，當然是因為我是幸運女神嘛！」

看到耀光精靈如此自滿，俞思晴實在不知道該說什麼才好，但她已經成功轉移了話題。

話雖如此，但耀光精靈沒有真的打算以此作為答案，她伸手摸摸俞思晴的頭。

「……要是我這麼說，妳肯定不會相信的。」

「會長妳很不擅長說謊。」

「呵，銀也這麼說過我呢。」耀光精靈輕笑出聲，「今天我們公會成員說好要想辦法讓銀打起精神，所以辦了個私下聚會。不過因為我知道銀心情不好的理由，實在沒辦法好好跟其他人討論，就找藉口偷溜，跑到附近的網咖登入遊戲散散心。」

俞思晴嚇了一跳，膽怯地朝耀光精靈看過去。

「妳知道？」

「嗯，銀他喜歡妳，而且妳甩了他。」

聽見耀光精靈的回答，俞思晴便明白銀不打算把她是「雪鈴鐺」的事情告訴任何人。

銀的做法，反而讓俞思晴更加內疚。

「銀……」

「哎、哎呀！小泡泡妳別露出這種表情，我不是在責怪妳。感情這種事強求不了，我很清楚，銀也是。」

耀光精靈擔心俞思晴誤會自己在責怪她，匆忙解釋。

「抱歉，會長。我沒事的。」俞思晴知道銀和耀光精靈都是好人，因為這樣，她說什麼也不會再讓他們受到傷害。

她捏緊拳頭，下定決心，「我們趕快去和其他人會合吧。」

安頓好情緒焦躁的安之後，耀光精靈才帶著她前往會議廳。

其他三個公會的會長早已經在那等候，兩人一進入，立刻成為大家注目的焦點。意外的是，平常以武器型態展現在他人面前的武器ＡＩ們，全都變回人形。所有人的目光，都放在俞思晴背後的兩把武器上。

「收起妳的武器，我們再來談。」木瓜雙手環胸，蹺腿坐在主位上，全身散發出黑色氣團，心情糟糕到了極點。

他們神域負責這座城的防禦魔法，在放俞思晴等人進來後，他們理所當然地再次打開結界。

而之前在外頭吵鬧的那些幻武使們，則是被關在這座城下方的牢籠裡，交由大劍之王的成員看守。

俞思晴知道自己必須取得這些人的信任，才能讓他們接受她的計畫。

於是俞思晴將狙擊槍取下，巴雷特也如在場所有人所願，以人形面貌現身。

他靜靜抬起眼眸，掃過在場所有武器ＡＩ，將他們緊張的模樣收入眼底。

「巴雷特……」

「你這傢伙，沒想到你居然……」

武器ＡＩ們忍不住出聲，個個焦躁不安。

其他幻武使們看見自己的武器面有難色，一臉不解。

這些武器ＡＩ的反應，讓巴雷特皺起眉頭。

看來他的事情已經傳開了，但……怎麼可能？知道他真實身分的，只有少數幾人。

「怎麼回事？」泰迪熊眨眨眼，覺得事情很有趣，「看來好像有我們不知道的祕密呢。」

「現在我只在乎泡泡鈴的計畫。」木瓜則是完全沒興趣。

全場安靜無聲的，只有狂戰王與他的武器ＡＩ。

俗話說得好，什麼樣的人養什麼樣的寵物，用來形容他們再貼切不過。

「好啦好啦，大家冷靜點。」耀光精靈趕緊打圓場，「我們剩下的時間不多了，所以先進入正題，等大家都安全之後，我們再慢慢聊也不遲。」

「我同意。」巴雷特忽然開口同意耀光精靈，把在場所有人都嚇了一跳。

以往看起來天真，只懂得黏在俞思晴身旁的忠犬，竟然主動開口參與他們的話題？

雖說在場所有人都已經知道武器ＡＩ有所改變，還是忍不住吃驚。

「你們對武器ＡＩ的事知道多少？」巴雷特將問題扔給木瓜。

木瓜愣了下，直到自己的武器ＡＩ輕拍他的肩膀，才回過神來。

「呃，我……我只知道你們不是程式設計出來的虛擬角色，那個……」

「簡單來說，你們就跟我們一樣是獨立的個體。」狂戰王總算開口，銳利的眼眸狠狠掃過巴雷特那張漂亮臉蛋，「雖然我不相信這種虛構的事情，但我們現在無法登出遊戲，再加上武器ＡＩ的反彈，讓人不得不信。」

「沒想到你的接受度意外地高呢。」泰迪熊拍拍手，轉而吐槽木瓜，「你也該多學學人家才對，偽娘會長。」

「都說老子是男人了！」木瓜紅著臉怒吼，自顧自地生悶氣，「真是，一個個都這樣，現在我們可是身處在不可思議的事件中，你們能不能再更有緊張感一點？」

說完，他打開自己的系統，叫出那封附著倒數計時器的信件。

沒收到信件的俞思晴看向倒數計時的時間，和不久前在城門口鬧事的幻武使說的差不多。

「還有大約兩個小時左右，時間非常充足。」

話一說出口，在場所有人都用吃驚的表情盯著她。

俞思晴毫不在意，對她來說，比較困難的是要如何讓遊戲內所有的玩家相信她。

「在說出我的計畫前，有件事想要先跟各位的武器ＡＩ確認。」

當俞思晴轉移目光，看著那些武器ＡＩ的時候，他們竟有些緊張。

那雙眼，彷佛能夠看穿他們的一切，讓所有武器ＡＩ不禁屏息以待。

「離開幻武使的武器ＡＩ們，很清楚《幻武神話》已經不安全，所以全都回到『故鄉』了吧？」

此話一說出口，果然讓武器ＡＩ們面有難色，彼此相望。

最後開口回答的，是站在木瓜身後的武器ＡＩ。

「看來妳知道的不少。」

「也只比你們多一點點而已。」俞思晴勾起嘴角，「那麼，你們的回答呢？」

「……就像妳說的，多數武器ＡＩ和道具ＡＩ全都逃回奧格拉斯，比起瀕臨崩潰的《幻武神話》，奧格拉斯安全多了。」

「瑟利，你、你在說什麼？」木瓜沒想到自己的武器ＡＩ會說出讓他一頭霧水的話，發覺自己無法插入話題，他反而更不高興，「這是怎麼回事！」

其他武器ＡＩ也同樣接收到自己搭檔幻武使的嚴厲目光，各個低頭不語。

「抱歉，主人。不過泡泡鈴說得沒錯。」

「所以武器ＡＩ並不是消失，而是……逃走？」

「人都有求生本能，我們會留在這裡，是因為我們不想讓重要的人白白送死。」

「重要的人……」木瓜張大嘴，其他幻武使們也同樣吃驚地看著自己的武器ＡＩ。

會議廳內的氣氛頓時變得有些曖昧，甚至有幾個地方發出了閃光。

耀光精靈倒是哭著緊緊抱住自己的武器ＡＩ，「阿普斯——我都不知道你這麼喜歡我！」

「呃！不要勒住我的脖子！要斷氣了！」

阿普斯蒼白的臉色多了一絲紅暈，感覺得出他非常不好意思。

「阿普斯！我最喜歡你了！」

「說什麼肉麻的話！我只是懶得逃走而已！」

「哎呀這話聽起來好傲嬌哦——」

「妳到底是用哪隻耳朵聽我說話，才會誤解成這樣！」

撇開耀光精靈和阿普斯這邊的情況，其他幾個人也開始熱絡地跟自己的武器AI說起話來，這樣的情景或許是第一次見到吧。

「就是這樣，所以我的計畫就是要帶大家穿過荒蕪沙漠，前往奧格拉斯，現在只有那個地方是安全的。」

「也就是說，奧格拉斯並不是遊戲設定出來的場景？」狂戰王蹙眉，「聽妳的意思，那個地方是現實世界？」

「正確來說是武器AI們的世界，跟我們的世界不同。」

「那我們要怎麼從奧格拉斯回去？」

「有辦法的，雖然現在還不能百分之百肯定，但請相信我。」

俞思晴非常認真地對上狂戰王的視線，希望他能支持自己。

狂戰王盯著她好一會兒，才語重心長地嘆息。

「不管發生什麼事，我都會站在妳那邊。」

「謝謝……」俞思晴鬆口氣，轉而看向其他人，「也請你們相信我，我絕對不會害大家。」

耀光精靈第一個跑過來抱住她，「當然！我怎麼可能不相信小泡泡。」

木瓜和泰迪熊互看一眼，兩人雖然都還有些猶豫，但從剛才的對話來看，可以確定俞思晴知道的比他們還多。

與其在這裡等待奇蹟出現，不如在俞思晴身上賭一把。

「好吧，神域會加入。」木瓜向後靠著椅背，頭痛萬分地按摩太陽穴，「總而言之只要照著妳的話去做就好了，對吧？」

「Monster 可是隨時都會叛變的哦。」泰迪熊捂著嘴，天使般的面孔露出邪惡的笑容，「要是這樣也沒關係的話，算我們一分。」

得到三個公會會長的支持，俞思晴才放下心中的石頭。

但聽見她所說的話之後，武器ＡＩ們各個面有難色。

「在這種情況下，荒蕪沙漠的地圖卻是開啟的，難道妳不覺得有詐？」瑟利半信半疑地問，他不認為俞思晴沒有注意到這件事。

「這就表示組織的人在那埋伏吧。」俞思晴一派輕鬆地回答，「我猜得出來，所以才需要得到在場所有人的支持，只有同心協力，我們才有辦法平安離開。」

見俞思晴能夠如此心平氣和說出組織的事，他們有些吃驚，卻不知為何有了點信心。

在奧格拉斯，幾乎沒有人敢反抗組織，就連提起也相當困難，但俞思晴卻能如此雲淡風輕地說出口。

自信滿滿的俞思晴，讓瑟利忍不住想要相信她，其他武器ＡＩ也是。

「那麼，沒有武器ＡＩ的那些玩家該怎麼辦？」明白俞思晴想做的事之後，狂戰王不忘提醒，「那些人可沒我們這麼好說話。」

「很簡單。」俞思晴的笑容突然變得有些可怕，「只要把他們『拐』過去就好。」

她的笑容，讓所有人捏了把冷汗。

沒人敢問俞思晴的腦袋瓜裡，正盤算著什麼糟糕透頂的點子。

會議結束後，俞思晴給大家二十分鐘左右的時間準備，自己則是帶著巴雷特和夏尼亞來到整座城最高的地方，環顧四周。

「坦白說，妳到底打算怎麼做？」

問她問題的，是打從見面後就寸步不離的狂戰王。

沒想到狂戰王會如此黏人，根本不給她獨處的時間，俞思晴感到十分無可奈何。

她還有一堆問題想問夏尼亞，但她總不能讓夏尼亞在狂戰王面前現身。

「我才想問你打算做什麼，你老是跟著我不煩嗎？」

「我想跟著誰是我的事，妳管不著。」狂戰王理直氣壯地回答，「雖然我們不是戀人，但是朋友，我不可能放任妳一個人到處亂跑。」

知道狂戰王是用自己的方式在關心她，俞思晴倒是狠不下心甩掉他。

「話說回來，你沒有跟你姐一起上線，還真少見。」

「她今天有約會。」狂戰王的眉頭皺得更緊了，「妳還沒回答我的問題。」

狂戰王打破砂鍋問到底的功力讓俞思晴舉雙手投降。

她從屋頂上跳下來，拍拍裙襬，對他說：「現在大家都被倒數計時搞得緊張兮兮，在這種情況下，只要隨便大喊『逃生出口在這裡唷』之類的，大家就會自然而然地湧入。」

「妳想利用恐慌製造出新的恐慌嗎？」狂戰王瞇起眼，「真是惡趣味，但確實是個好主意。」

「現在大家都沒辦法冷靜，只能這麼做了。」

「將玩家帶到奧格拉斯之後，接下來要怎麼辦？」

「我還沒思考這麼多，現在的我，單純只想救大家的命。」

「……這話要是讓木瓜和泰迪熊聽見，他們肯定不會同意妳的。」

「所以我沒說啊。」俞思晴甜笑道，「不過，我當時說的也不全是假話。」

她確實不知道該怎麼讓他們從奧格拉斯回到原來的世界，但並不是完全沒有線索，畢竟一開始組織的人就是直接跑到他們的世界去的。

既然組織有辦法這麼做，那身為那個世界居民的他們，一定也可以。

只不過，這個想法需要找繆思證實。

而且，自從遇見那名奇特的神祕少女之後，有個問題一直在她腦海盤旋。

奧格拉斯和他們的世界，究竟有什麼樣的關聯？

在眾多世界中，奧格拉斯會挑上他們，絕非偶然。

「你也該去準備準備了，我可不允許有人遲到。」俞思晴笑著輕拍狂戰王的肩膀，隨即從屋頂跳了下去。

事先請耀光精靈和其他公會協助，將「荒蕪沙漠有逃脫出口」的情報傳出去之後，埋伏在亞比列格城周遭的幻武使都不見蹤影了。

「看來進行得很順利。」

夏尼亞冷哼，「沒想到幻武使們的腦袋還挺簡單的，這麼容易就被慫恿。」

「因為現在大家都沒辦法冷靜思考。」

「小晴說得沒錯，夏尼亞，你別在那唱衰。」

「你已經被馴服得這麼聽話了？巴雷特，這可不像你。」

「換作是以前的你，也不可能背叛組織，真要說的話，你也半斤八兩。」

「……這是要找我吵架的意思嗎？」

「只是要你別再跟小晴作對，雖然非我本意，但現在我們是同條船上的人。」

「嘖，感覺真差。」

「這點我同意。」

兩把武器就這樣在她的背上開始聊起天來，背著它們的俞思晴被迫聽他們完全沒有任何意義的吵架內容。

她來到沒有人使用的小房間後，將兩把武器取下。

巴雷特和夏尼亞立刻變回人形，從他們臭到不行的臉上，可以看出他們很不想跟彼此待在同個空間裡。

「你們兩個的關係還真糟糕。」

「明明我才是小晴的武器ＡＩ，但這傢伙卻占了妳二分之一的背部。」

「這是不可抗力好嗎？你以為我願意？」

「能讓小晴使用是你上輩子修來的福氣，你應該謝天謝地才對。」

「我不記得你的腦袋瓜什麼時候變得如此愚蠢了，巴雷特。」

「好啦好啦！拜託你們兩個別吵了。」俞思晴站在兩人中間，不讓他們再繼續爭吵下去，「我們的時間不多，在出發前往荒蕪沙漠之前，我有話想要問你們。」

「是關於怎麼從奧格拉斯前往妳的世界吧？」夏尼亞雙手環胸，早知道她想問什麼，「我是知道怎麼做。」

「太好了，那你可以幫我們嗎？」

「這麼做對我有什麼好處？」夏尼亞冷眼睨視她，「別會錯意，我可不是你們的同伴，我背叛組織的理由，只是不想做愚蠢的事罷了。」

巴雷特不相信夏尼亞，直盯著他看。

「你以為我會相信你那套鬼話？」

「我知道你的線人是誰，巴雷特。難道你不好奇為什麼會變成我嗎？」

「我跟她早就已經做好隨時會犧牲的心理準備，在收到這東西之後，我心裡多少有底了。」

巴雷特從口袋裡拿出錄音筆，緊握在掌心。

雖然錄音筆順利送到巴雷特手中是好事，但俞思晴卻憂心忡忡地看著巴雷特凶神惡煞的表情。

看起來，他根本就沒有做好心理準備啊。

「既然你知道，那我就省下解釋的麻煩了。」

無論他們兩人反抗組織的理由是什麼，至少現在，雙方的目的是相同的。

「如果沒有我，你的計畫不可能進行得如此順利。」

「你是想跟我討人情嗎？」

「從你那張臭嘴裡聽見謝謝兩個字，挺不錯的。」

「嘖。」

巴雷特難得咋舌，看來他真的很討厭夏尼亞。

倒是俞思晴聽見夏尼亞的話之後，驚訝地拍手道：「啊！該不會給我那個奇怪道具，讓我帶巴雷特回奧格拉斯恢復記憶的GM就是你？」

「除了我以外還可能是誰？你們可是組織的敵人。」

「這樣啊……原來如此，那我就放心了。」

「放心什麼？」夏尼亞聽見俞思晴說的話，困惑地皺眉。

沒想到俞思晴卻笑嘻嘻地說：「我原本還懷疑你是不是故意站在我們這邊，準備伺機從背後捅我們一刀，看來是我想多了，你真的是我們的同伴。」

夏尼亞瞪大眼，俞思晴的反應出乎他的意料，讓他一時感到不知所措。

「之前攻城戰的時候，也是你私下保護了亞比列格，神祭戰曲也是你暗中保護我們，不讓我們成為其他幻武使的敵人。」

俞思晴沒想太多，一邊細數著他幫過的事，一邊露出輕鬆的笑容。

「咳、咳咳，你這女人也未免太容易相信人。」夏尼亞用咳嗽掩飾害臊。

原本想繼續否認，但一對上俞思晴犬真的眼神，他就一句話都說不出口。

最後他只好妥協，頭痛萬分地扶額嘆息。

「把我的事情傳出去，讓其他武器AI知道的人，不也是你？」巴雷特雙手環胸，依舊不願意相信夏尼亞，尤其看到俞思晴這麼信任他，反倒讓他更不爽。

夏尼亞的臉頰冒出青筋，矢口否認。

「我才沒那個精力，再說，被扔進《幻武神話》之後，我就一直在找你們兩個。」

「那麼為什麼那些武器AI看我的眼神，顯然是在畏懼？」

「天曉得，我可沒神通廣大到什麼都知道。」

「不如找個武器AI問問看？我想狂戰王的武器AI應該很樂意回答。」

「現在沒那個時間，別忘了，荒蕪沙漠可不是那麼簡單就能穿越。」

「這點我同意，若真的只剩那條路，組織恐怕早就布下天羅地網。」

「那個女孩也會在那裡嗎？」俞思晴小聲低語，突然覺得有些害怕。

但她必須再見那女孩一面，因為她有問題想問她。

夏尼亞和巴雷特互看彼此，最後兩人卻什麼也沒說。

「看樣子那個傳聞果然是真的。」

忽然間，房門口傳來的聲音，把三人都嚇了一跳。

夏尼亞和巴雷特立刻閃身擋在俞思晴面前，在看清楚側身靠在門板上的人是誰之後，雙雙露出驚訝的表情。

「阿普斯，你……」巴雷特瞪大眼，他沒想到竟然有武器ＡＩ能靜悄悄地從他身後接近。

阿普斯打了個哈欠，彎腰駝背，慵懶地搔著頭髮。

「沒想到你們兩個竟然都是『組織』的人。」

「那是以前，現在我們和你們一樣。」巴雷特收起架勢，他感覺得出阿普斯並沒有要與他們為敵的意思。

阿普斯上下打量他們三人，「我只是來看看狀況，而且，我只在意『神』的事，你們那些小孩子的吵架內容，我才懶得聽。」

「『神』……你們究竟是聽誰說的？」

「還有誰？能輕鬆讓武器ＡＩ們相信的對象，只有一個人。」阿普斯半垂的眼眸稍稍睜大些，「你們的事，是神之鍛造師親口說的。」

巴雷特嚇了一跳，「繆思大人？」

確實，如果是繆思的話，根本不會受到「限制」，他是唯一能夠自由提及「組織」的人，也是武器AI們最信任的對象。

不得不說，繆思的時間點未免抓得太準，簡直就像隨時看著他們似的。

《幻武神話》好歹也是被組織監控的地方，但在這裡討論「組織」和「神」的他們，卻沒有受到任何影響。

簡單來說，是繆思動的手腳。

「……唉，那老頭又在用他的道具AI偷窺我們的行動嗎？真是惡趣味。」夏尼亞一臉厭惡，看得出來，他不太喜歡繆思。

「繆思大人做事有他的道理，現在在這裡的武器AI們，全都是因為相信繆思大人而留下來協助你們。」相較於夏尼亞的不快，阿普斯更在乎繆思的話。

「奧格拉斯確實有錯，錯在想要踏過他人的屍體活下去，曾經有過這種想法的我們，都是同罪。」阿普斯繼續說道：「無論是即將毀滅的《幻武神話》，或是已經走到盡頭的奧格拉斯，全都與這個世界無關係。」

「並不是完全沒有關係。」俞思晴忽然開口，糾正阿普斯的發言，「我覺得奧格拉斯和我的世界相連，並非偶然。」

三名武器ＡＩ彼此對望，不明白俞思晴的意思。

「難道你們沒有懷疑過，為什麼組織能在短時間內找出與奧格拉斯有關聯性的世界嗎？」

三人沉默不語，但從表情來看，並不是完全沒有想過這個問題。

俞思晴接著說出自己的理由。

「這不是運氣，也不是巧合，如果我想得沒錯……或許我們兩個世界，從很早以前就有關聯。」

人類能與武器ＡＩ締結契約，真的有這麼簡單嗎？

你來到陌生的異界，隨便就能跟這個世界的居民成為搭檔？俞思晴並不這麼認為。

她心裡一直有個疙瘩，好像有什麼事情沒想清楚似的，再加上少女的出現，讓她重頭開始思考這個問題。

「也許幻武使……我們人類，並非如你們武器ＡＩ所想的那般脆弱。」

俞思晴雙目直盯著阿普斯，被她認真的表情嚇一跳的阿普斯，一時說不出話。

就像耀光精靈說的，這名叫做泡泡鈴的女孩，確實不同。

他也隱約察覺俞思晴真正想告訴他的話。

「……時間差不多了，我該回去耀光身邊。」阿普斯雙手插入口袋，跨步離開，「你們可別給我遲到。」

夏尼亞和巴雷特看著阿普斯走遠，同時將目光放在俞思晴身上。

「你這女人……感覺還滿敏銳的。」夏尼亞的語氣裡多了一絲讚賞口吻，「看來巴雷特還是很有選人的眼光。」

「我可不單單只是因為這樣而選擇小晴。」巴雷特笑著將俞思晴摟入懷中，「這是你永遠無法理解的，夏尼亞。」

俞思晴紅著臉，很不習慣在人前和巴雷特親親我我，但巴雷特的力氣大到讓她無法掙脫，只好默默把頭垂下。

「搭檔……嗎？」夏尼亞勾起嘴角，變回武器，落在俞思晴手中。

「我會在距離你們最近的地方，親眼見證你們所謂的羈絆，究竟有多特別。」

「電燈泡嗎？我不介意。」巴雷特冷眼盯著俞思晴手裡的銀色長棍，露出勝利的笑容。

剛把銀色長棍掛回身後的俞思晴，面紅耳赤地用雙手摀住他的臉，慌慌張張地說：「你、你也快點變回武器啦！差不多要過去跟大家會合了！」

巴雷特抓住她的手腕，輕吻那冒出冷汗的掌心。

「呼啊！」俞思晴嚇了一跳，沒做好心理準備，不自覺地發出驚呼。

巴雷特和她都愣住了，俞思晴的臉燙到快要燒傷。

「好可愛的聲音。」巴雷特把臉湊近她，「小晴，再來一次。」

「不要啊啊啊——」俞思晴已經被嚇到飆淚了。

「一次就好。」

巴雷特的臉幾乎要貼上她的臉頰，炙熱的吐息搔弄著她。

俞思晴緊縮著身體，抿起雙唇。

如同小動物般的反應，讓巴雷特不忍再繼續欺負她，但卻趁機往她的嘴巴親上去。

「唔！」像是觸電般，俞思晴摀住嘴巴，睜大雙眸。

巴雷特露出調皮的笑容，慢慢收回脖子，看得出來他很滿足。

完全被當成空氣的夏尼亞，已經到達極限。

「雖然我說過，你們兩人要在我面前放閃沒關係，但我後悔了。」他用低沉可怕的聲音威嚇道，「還不快點給我辦正事！不要逼我痛扁你們。」

「夏夏夏、夏尼亞說得對！我們要趕快去跟大家會合。」

俞思晴非常認真地附和。

原本是故意鬧俞思晴玩，但後來卻想認真繼續下去的巴雷特只好嘆口氣。

「我知道。」他親吻俞思晴的額頭，百般不捨地變回武器，「等到事情結束後，妳就沒有能拒絕我的理由了，要做好心理準備哦——小晴。」

略帶戲謔的語氣，讓俞思晴不敢搭話，匆匆奔出房間。

掛在背後的銀色長棍無奈地對白色狙擊槍說：「我可不記得你以前有這麼惡趣味。」

「那是以前。」

「你不是個容易對他人感興趣的男人，這個女孩，真有這麼特別？」

「嗯。」巴雷特不假思索，果斷回答，「只有小晴是不同的。」

明知道俞思晴聽得見，巴雷特也沒有刻意迴避的意思。

這讓背著它們的俞思晴，連頭都不敢抬起來，只能看見一雙紅得發燙的耳朵。

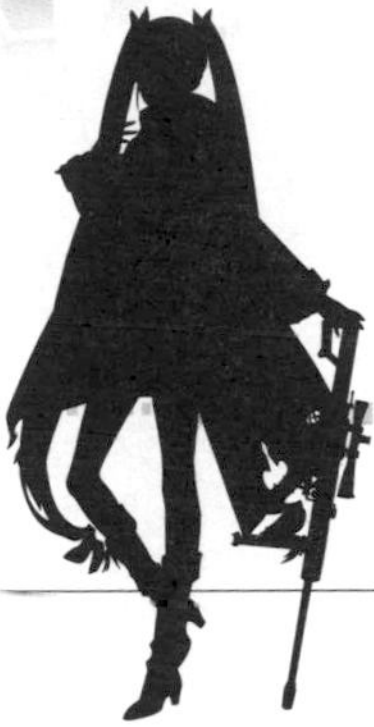

第五章　荒蕪之戰（上）

Sniper of Aogelasi

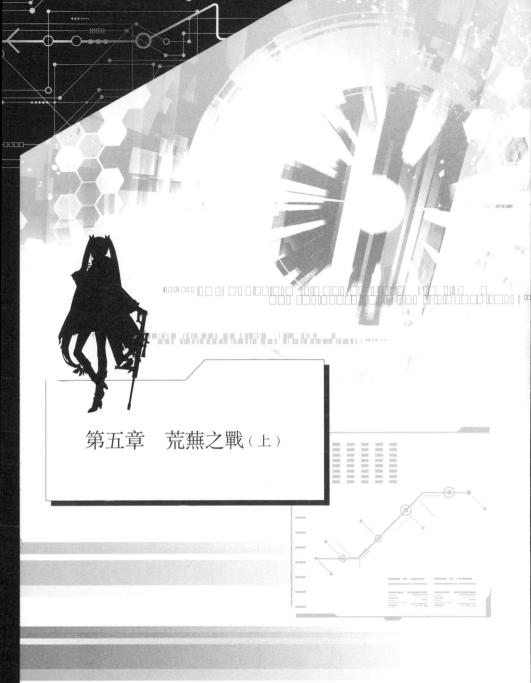

荒蕪沙漠的入口，位於最高等地圖，要進入這裡，角色首先得到達五十等。

慶幸的是，被滯留在遊戲內的玩家基本上都是老手，等級都有五十三以上，這對他們來說是不幸中的大幸。

在泰迪熊把「荒蕪沙漠有逃生出口」這件事傳出去之後，分散在遊戲各處的玩家們，果然全都湧入通往荒蕪沙漠的傳送點。

俞思晴等人在耀光精靈的分配下，以公會為單位隱匿在周圍，觀察並計算前往荒蕪沙漠的玩家人數。

只不過，因為新傳說聯盟只剩耀光精靈和俞思晴的關係，所以就把三組工會之外的鈴音還有安娜貝兒納入旗下。

簡單來說，就是剩下的人組成一團就對了。

善於調查任務的 Monster 公會已經事先統計完滯留的玩家人數，為的就是要達成俞思晴「不想讓任何人送命」的標準。

至於他們是用什麼手段在短短幾十分鐘時間內取得數據資料，沒人知曉。

『剛才進入傳送點的是最後一組玩家，我們也差不多該進去了。』泰迪熊在隊伍頻道內說道：『剩下的時間不到一小時半，要加緊腳步才行。』

『嗯，我知道。』俞思晴回答，『那麼就依照原定計畫，神域、Monster 還有大劍之王負責去尋找荒蕪沙漠的傳送點，再把座標發在地區頻道，新傳說聯盟負責殿後。』

『你們可別太晚過來，要是丟了命，我是不會饒過你們的。』木瓜憤恨不平地說。

原本他提議要讓男生殿後，沒想到耀光精靈卻主動提出由新傳說聯盟負責，害他到現在都還沒消氣。

哪有男人會眼睜睜看著女孩子陷入危險，只顧著自己逃命？

『不用擔心，真要比的話，你們的危險程度不比我們低。』耀光精靈一派輕鬆地回答，與煩惱兩個字完全搭不上邊。

隊伍頻道只有四個公會會長以及俞思晴五個人，不但聯繫方便、說起話來也相當不客氣。

『……果然我還是應該過去妳們那邊。』狂戰王冷冷地說，聲音聽起來有點可怕。

木瓜更不開心了，『什麼啊！你這小子別擅作主張，這樣我面子往哪擺？』

『你不是偽娘嗎？』

『老子說了三百多次不是了！你根本沒在聽對吧！』

『確實沒在聽。』

『狂戰王你這混小子——』

『好了好了，有體力吵架的話，不如趕緊行動。』耀光精靈再次出面打圓場。

木瓜和狂戰王很有默契地她給面子，馬上安靜下來。

俞思晴覺得耀光精靈在這方面挺有天分。

協調專家？不……應該更像馴獸師之類的吧。

在腦袋裡做了一點小聯想，俞思晴忍不住笑了出來。

「小泡泡，妳想到什麼事這麼開心？」結束隊伍頻道對話的耀光精靈，湊到她身邊，用肩膀輕推她，「也說來給姐姐我聽聽。」

「沒什麼。」俞思晴向身後兩人使眼色後，率先跳了出去，「我們趕緊過去吧。」

安和鈴音互看一眼，明明現在情況緊急，但俞思晴的態度卻很悠閒，一點也不緊繃。

兩人也被俞思晴的心情感染，忽然覺得壓力沒那麼大。

沒問出答案的耀光精靈嘟起嘴，迅速超越俞思晴，安與鈴音也笑嘻嘻地緊追在後。

「來吧，小鈴。我們來賽跑。」

「什麼賽跑……等等啊！安！」

雖說安的心情變好，讓她放心不少，但也未免變化太快，整個人玩心大起。

四個女孩子帶著比賽的心情，衝向傳送陣，卻被突然從半空中墜落的人影擋住去路。

四人連忙煞車，一臉錯愕地看向渾身是血，完全沒有動靜的陌生男子。

從她們之中，安發出一聲驚呼。

「天……天啊！羅貝索恩！」她臉色蒼白地撲過去，緊緊抓住他的衣服，不斷喊他的名字，「羅貝索恩！羅貝索恩！這到底是……」

俞思晴傻愣在原地，原先愉快的心情，全被突然冒出來的恐懼感淹沒。

「小晴！」巴雷特驚呼一聲，俞思晴立即察覺到異狀，二話不說抽起長棍，橫放在面前，擋住從天而降的強勁力道。

「嗚！」對方的武器重壓在銀色棍上，強大的力量讓她的雙腳陷入地面。

耀光精靈和鈴音這才注意到危險，連忙拿出武器ＡＩ，但還是晚了一步。

從兩側甩出的魔法咒文，像是繩索般捆住她們的雙手與身軀。

「這是……魔法？」

「從哪裡冒出來的！」鈴音也跟著驚呼。

「得趁咒文侵蝕全身之前解決掉才行！鈴音！」

「嗯，我知道。」

鈴音和耀光精靈鬆開手，兩人的武器ＡＩ立刻變成人形，單膝跪在地上。

他們很有默契地同時抬眼，抓住魔法咒文，瞬間就將它粉碎。

俞思晴咬牙瞪著面前的彪形大漢，頭也不回地向取得自由的兩人大聲喊道：

「走！」

耀光精靈和鈴音看見周圍的人漸漸逼近，情況變得越來越不妙。

可是她們沒有要逃走的意思，而是伸手抓住自己的武器ＡＩ。

擺好架勢，站在傳送陣前。

「我們哪都不會去的，小泡泡。」

「現在可不是顧慮他人安危的時候，妳需要同伴。」

耀光精靈和鈴音一搭一唱，默契極好。

聽見她們這麼說，俞思晴突然勇氣百倍，使出全身力氣將對手揮開。

彪形大漢向後退了老遠，在地上滑行一段距離後，才抬起頭來，單手將大劍扛在肩上。

俞思晴站直背脊，垂眼掃視將他們團團包圍的人。

「全是組織的人。」夏尼亞回答，語氣中略帶寒意，「呵，有不少熟面孔。」

「但那名少女不在這裡。」環顧一圈後，沒見到最想找的人，俞思晴有些擔憂。更不用說，她還擔心羅貝索恩的傷勢。

怪不得羅貝索恩沒有回到安的身邊，原來是被這群傢伙纏上。

她悄悄看了一眼安悲傷的背影，皺起眉頭。

「巴雷特，羅貝索恩的狀況怎麼樣？」

「我可以感覺到他的力量，應該還活著。不過暫時沒辦法成為戰力。」

「無所謂，只要他還活著就好。」俞思晴將注意力放在前方，把銀色長棍與白色狙擊槍交換，「總而言之，在這裡耗沒有意義，鈴音、會長！」

兩人點頭，轉身拉起羅貝索恩和安，迅速跳入傳送陣。

敵方看見他們的動作，立刻上前阻止，但卻看見俞思晴舉起狙擊槍。

「白色閃光！」

扣下扳機，狙擊槍射出的子彈散發出耀眼光芒，讓所有人睜不開眼。

當視線恢復後，四人的身影已經消失不見——連同原本應該出現在這的傳送陣一起。

「什麼？居然連傳送陣都……怎麼可能！」

「該死，立刻前往其他出入口！絕對不能讓他們逃走！」組織成員們吆喝著，迅速四散，只留下彪形大漢那對人馬。

「這還真有趣，薇蒂亞，妳怎麼看？」

「得到夏尼亞這步棋的她，確實比之前難纏。」大劍回答，「不過，這樣就想甩掉我們，還早得很。」

聽見她這麼說，壯漢十分同意地露出笑容。

「來玩貓捉老虎遊戲吧，猛虎。」

「我正有此意。」

來到荒蕪沙漠的四人，大口喘著氣，還在為剛才的事驚魂未定。

事情發生得太過突然，讓她們沒時間思考，只能盲目聽從俞思晴的指示。

更令她們驚訝的是，俞思晴似乎已經很習慣，並不像她們那樣慌張失措。

耀光精靈見俞思晴把傳送陣毀掉，感到很意外。

「小泡泡，妳……妳怎麼做到的？」

「商業機密。」俞思晴尷尬苦笑。

坦白說，不是她做的。

在穿過傳送陣之後，夏尼亞不知道動了什麼手腳，將傳送陣關閉。

她朝背上的銀色長棍翻了個白眼，小聲問道：「你居然還能做到這種事？」

「好歹我也是《幻武神話》的製作人，這點小事難不倒我。」

俞思晴知道，對夏尼亞來說，在遊戲世界裡就像在逛自家後院。

但即便是比任何人都要熟悉《幻武神話》的夏尼亞，也不敢保證荒蕪沙漠的傳送陣位置——因為這個地圖的傳送陣是隨機產生的，而且每次出現的時間只有十分鐘。

所以她才會利用大量人力去尋找周圍傳送陣位置，一方面是為了把其他幻武使趕進去，一方面也是為了找出傳送陣出現的規律。

即便是隨機，還是能靠規律預測出它之後出現的大概位置。

這是夏尼亞告訴她的。

「小鈴，羅貝索恩……羅貝索恩他……」安哭紅了鼻子，緊緊抓住她的衣角，向她求助，「嗚嗚，他都沒有反應……」

「別擔心，安。」俞思晴轉頭對鈴音說：「現在他們已經不受系統限制了，法族武器ＡＩ的恢復技能，應該就能治癒他。」

鈴音點點頭，來到羅貝索恩身旁。

色。

「春迴之光。」

鈴音手中的法杖發出淡淡青光，將羅貝索恩包圍。

俞思晴拍拍安的肩膀，「妳去旁邊陪著吧，我和會長會負責看守。」

安點點頭，回到羅貝索恩身邊，緊緊握住他的手，目不轉睛地盯著他蒼白的臉色。

耀光精靈悄悄走過來，與俞思晴並肩站著。

「還有其他進入荒蕪沙漠的傳送陣吧？」

「嗯，但離這裡有段距離。」俞思晴打開地圖，仔細端看荒蕪沙漠的地形。

荒蕪沙漠中無法看見任何東西，地圖上也只顯示區域輪廓，除此之外都是沙塵，是少數沒辦法用地圖觀看的特殊地點。

『各位，情況如何？』俞思晴用隊伍頻道詢問其他公會會長。

『還沒找到。』最快回答的是木瓜，聽得出他正在奔跑。

泰迪熊嘆息道：『我這邊的傳送陣剛剛消失，已經有幾個玩家等不及，擅自跑進去。』

『我這裡也是，真是……一個個都那麼著急。』狂戰王非常不悅，但也不忘關心俞思晴，『妳呢？一切都順利嗎？』

『嗯，很順利，我們這邊會負責巡視，看看是否有落單的玩家。』

話一說出口，耀光精靈馬上瞪大雙眸，頓時明白俞思晴在隱藏什麼。

結束隊伍頻道的對話後，俞思晴看到耀光精靈一臉嚴肅地盯著自己看。

那雙眼眸，像是要噴出火焰。

從沒見過耀光精靈如此生氣的俞思晴，不禁苦笑。

「對不起，會長。我不是有意要瞞著你們的。」

「妳的理由是什麼？」耀光精靈慢慢瞇起雙眸，「剛才那些人，看起來不像是玩家，就算是的話，也和泰迪熊他們調查出的玩家人數相差太多。」

隨便搪塞的話語，只會讓耀光精靈對她更不信任，俞思晴只能如實以告。

「那些人就是設下倒數計時，不讓玩家登出遊戲的罪魁禍首。」

耀光精靈愣了下，「這是什麼意思？」

「他們都是武器ＡＩ，全都是。」

「全部？怎麼會有那麼多數量……」

「詳細的情況，等平安離開後我會慢慢解釋，現在只要知道他們很危險就好，遇見他們的話，絕對不要勉強戰鬥，如果避免不了，就讓武器ＡＩ來戰鬥。光憑幻武使是打不贏的，因為他們不是遊戲設定出來的怪。」

耀光精靈的腦袋有些當機，並不是因為無法理解俞思晴的話，而是得到的資訊，與她的認知距離越來越遠。

阿普斯變回人形，輕輕摟住耀光精靈的肩膀。

「她說得沒錯，主人。必要時候，請讓我來戰鬥。」

「阿普斯……」

第一次看見耀光精靈如此無助，阿普斯總算感覺到她的脆弱，將她摟得更緊。

「接下來妳打算怎麼辦？」阿普斯抬眸問道：「那些傢伙顯然是衝著妳來的。」

「真正想找我的人並不在那，他們的目標大概是把我驅趕到那個人面前，也就是說，被盯上的是我們。」

阿普斯立刻明白她是在指他們三人，便點點頭。

「那其他人呢？」

「只要牽制你們，就能在時間結束的瞬間，將你們連同整個遊戲一起毀掉，我猜他們是想要一口氣把意圖反抗他們的人滅掉。」

「原來如此，逃走的人視為妥協，而留下的人，則視為叛徒嗎？呵，真是好懂。」阿普斯氣憤地皺起眉頭，「想讓幻武使們跟我們一起陪葬……不得不說，真是個一石二鳥的好辦法。」

「繼續讓幻武使的人數減少，對他們不會有好處，所以其他人也會被盯上。」

「不，他們已經不打算將幻武使當成祭品使用，留在這裡的所有人，全都是棄子。」

「什麼？」阿普斯相當訝異，「身為奧格拉斯之神的他們竟然……該死！」

俞思晴緊抿雙唇，在心底考慮接下來的行動，「我現在倒是希望其他人跟敵人接觸，分散的範圍越大，越容易找到那個人。」

「原來如此……」阿普斯總算明白她的意圖，「妳讓其他三個公會成員分散，是為了加快與敵人接觸的機會？」

這女人居然利用同伴做出這麼危險的舉動，阿普斯真不知道該讚賞她還是畏懼她。

耀光精靈靜靜聽著兩人的對話，手握緊成拳頭，放在阿普斯的胸口。

「你們別把我當成空氣啊。」她搖搖頭，「小泡泡，沒想到妳居然在計畫這麼危險的事，還把我們當成踏腳墊？」

「不，我說過不會讓任何一個人死。」俞思晴眼神篤定，「所以很抱歉，會長大人，接下來我必須脫隊行動。安和羅貝索恩……就麻煩妳們照顧了。」

「什……喂！等等，小泡泡！」

不顧耀光精靈的阻止，俞思晴使用「疾步」，迅速消失在她眼前。

耀光精靈匆匆追上去，卻被阿普斯拉住手腕。

「放開我！阿普斯，我不能讓小泡泡單獨一個人！」

見識過剛才的「敵人」有多麼危險，即便知道俞思晴利用了他們，她還是沒辦法置之不理。

但阿普斯卻搖搖頭，「她是在保護你們，別讓她的心意白費了，耀光。」

第一次聽見阿普斯喊自己的名字，第一次感覺到自己的無能為力，耀光精靈慢慢收回力氣，將頭垂下。

「……你發現了？」

「我和鈴音的武器AI都有注意到，只是沒說而已。」

阿普斯抓著她的力道，稍稍增加。

有點痛，卻讓耀光精靈充分感覺到阿普斯在擔心她。

「呵，真是丟臉。」

「在面對那群人，感到害怕並不是什麼丟臉的問題。」

接觸猛虎他們的時候，耀光精靈和鈴音雖然表面看起來很冷靜，實際上卻是因害怕而硬撐著，若俞思晴沒有讓她們撤入荒蕪沙漠，她們恐怕也只會成為扯後腿的累贅。

鈴音很清楚，所以什麼都沒說。

而耀光精靈自己則是不敢想像，在遇見敵人後還神色自若的俞思晴，究竟是多麼勇敢。

「我會保護妳的。」阿普斯慵懶的眼神裡，多了抹寵溺，「妳的身邊有我在，耀光。」

「……可是小泡泡呢？誰來保護她？」

「不用擔心，因為她身邊，可是有兩名強大的『騎士』跟隨。」

這點他可以打包票。

因為，陪在俞思晴身邊的，是彼此厭惡卻又比任何人都還要強大的武器。

閃爍的招式，從兩側劃過。

被夾在中間的俞思晴，低身閃過，隨即雙手交叉，以狙擊槍托和長棍重擊對方的腹部。

受到打擊的兩名男子兩眼翻白，倒地不起，而落下的其中一把武器，迅速變回人形，抓住同樣懸空落下的長槍，轉手刺向俞思晴。

刀刃被狙擊槍身擋開，長棍化為人形，掃腿踹向他的後小腿。

對方步伐踉蹌，重心不穩，眼看就要跌倒，而他的眼前卻突然出現槍口。

俞思晴扣下扳機，槍口射出強大的光柱，瞬間吞噬對方的身軀。

攻擊停止後，化為武器的長棍重新回到俞思晴的手中，四名追兵也倒地不起。

「他們的動作比我想得還快。」俞思晴流下焦急的汗水，「看來我選擇與其他人分開是正確的決定。」

「但也不能拖太久時間，要是被他們拖延，我們也會死的。」夏尼亞不忘提醒，「別忘記我們身處在即將毀滅的遊戲世界中，最重要的是，我們根本不知道目前所剩的時間。」

「我知道，所以才沒把隊伍頻道關掉。」

雖然她不會回覆，但至少能知道些情況，更何況其他公會會長還不知道組織的事。

再說她特地告訴耀光精靈，如果是會長的話，絕對不可能對她見死不救，也不可能如實告訴其他成員，畢竟現在不能再製造更多恐慌。

「妳只把這件事告訴會長一個人……只是普通人的她，能接受嗎?明明那麼害怕。」巴雷特從以前就覺得俞思晴很信任耀光精靈，沒想到居然會到這分上。

連對著安都說不出口的事實，竟然就這樣告訴了耀光精靈。

「會長的身邊有阿普斯陪著，我相信她不會有事的，再說，會長沒有那麼軟弱。」

「妳為什麼如此肯定？」

「因為她是銀的朋友。」

俞思晴露出笑容。

若是她所認識的「君無名」相信的友人，那麼，她也願意相信。

「現在不是擔心其他人的時候，巴雷特。那女人肯定在這裡。」

「我沒忘記，只不過追捕我們的人變多了，這樣下去小晴會先累倒的。」

巴雷特的顧慮並沒有錯，俞思晴現在是「本人」穿越到遊戲，而非使用系統角色，這樣她的體力不可能沒有極限。

「正因為這樣，我們才要減少衝突。待在同一個地方太危險。」

「所以妳才像老鼠一樣到處亂竄？」

「嗯。」

俞思晴垂下眼簾，調整呼吸後，繼續前進。

算算時間，其他人也差不多該和敵人接觸了。

俞思晴本來就打算穿過傳送陣之後，與另外三人分開，打從一開始，她就沒有要和大家一起行動的念頭。

因為她是組織追殺的目標，有她跟著，才是最危險的。

俞思晴並沒有犧牲小我、完成大我之類的念頭，她考慮的，是該如何全身而退。尤其她比誰都清楚，組織裡的武器ＡＩ有多麼危險。

這裡並非戰鬥的終點線，所以她說什麼也要活著離開。

前方的沙塵中又冒出兩名追兵，俞思晴趕緊止步，雙手扔出武器，不偏不倚地重擊對方的下巴。

當敵人昏頭轉向的時候，狙擊槍與長棍變回人形，分別抓住來不及變回人形的武器ＡＩ，順著墜落的方向，將它們狠狠壓在地面。

俞思晴快步從兩人中間跑過，在她經過的瞬間，巴雷特和夏尼亞同時變回武器，讓俞思晴直接抓住帶走。

踏著「疾步」跑上岩壁，在這只有沙與石頭的地圖，根本找不到藏匿的地方。

「荒蕪沙漠沒有村子嗎？」

「不然妳以為這裡為什麼要叫荒蕪沙漠。」夏尼亞吐槽她。

「真是……跑來跑去都快迷失方向了。」

俞思晴一邊擦汗，一邊尋找逃跑路線。

就在這時，隊伍頻道傳來木瓜的聲音。

『喂，我這邊狀況很不妙啊。』

他的聲音有些顫抖，略帶苦笑，立刻吸引了俞思晴的注意。

『偽娘會長又有什麼問題？』

泰迪熊故意調侃他，但木瓜卻一點也不在意。

『現在可不是說什麼偽娘的時候啊，妳這笨女人。老子現在遇上危機了。』

說完這句話之後，木瓜那邊的通訊傳來巨響，以及人們驚慌失措、高聲吶喊的哀號。

親耳聽見的眾人全都傻眼——除了俞思晴。

「看來是偽娘會長抽中上上籤了。」

她打開系統，迅速拿出和木瓜十分相似的人偶娃娃，握在手中。

「真不愧是偽娘，人氣果然很高。」巴雷特附和。

實在搞不懂這個哏的夏尼亞感覺自己被排擠，不是很高興地說：「之前在會議廳的時候也聽到你們在說這個詞，那個什麼偽娘的，究竟是什麼？」

「是種讚美哦。」俞思晴捏緊娃娃，娃娃瞬間燃燒，俞思晴的身影也跟著消失在原地。

在娃娃燃為灰燼的同時，她也出現在木瓜的正上方，從敞開的長衣底下抽出短刀，射向木瓜周遭的敵人。

木瓜兩眼瞪大，看著不知道從哪冒出來的俞思晴，驚訝到說不出話。

身穿雪白外衣的俞思晴，如白鳥般降落在他面前，側頭對他露出笑容。

「接下來就交給我吧，偽娘會長。」

「泡泡鈴！妳、妳到底從哪……」

還沒回神，就看見俞思晴朝自己扔出兩把短劍。

眼看刀刃逼近，木瓜下意識閉起眼睛，卻聽見耳邊傳來兩聲哀號。

睜開眼才發現，他的身後有兩名敵人倒下。

「現在不是問東問西的時候，快點把大家都帶走。」

「妳的意思是要單獨迎敵？」

「我一個人綽綽有餘，你們在這裡才會礙手礙腳。」

俞思晴高舉狙擊槍，給了木瓜一抹甜笑後，扣下扳機。

「流星雨！」

彈如雨下，貫穿敵人的身軀，雖然有幾個人即時反應過來，匆忙閃躲，卻沒想到子彈居然在自己眼前轉彎，射入體內。

轉眼間，俞思晴就已經解決大半敵人。

木瓜見狀，緊咬下唇，百般不願地向同伴下令：「所有人撤退！傳送陣應該就在附近，把它找出來！」

神域的成員們看見俞思晴如鬼神般擊退敵人，在見識到她的強大之後，二話不說，乖乖照著木瓜的命令拔腿就逃。

沒有武器ＡＩ們的玩家雖然搞不清楚狀況，但也跟隨他們，幫忙尋找傳送陣的位置。

「可、可惡，妳的力量怎麼可能在短時間內變得這麼強……」

滿身是血、倒臥在地的敵人，攙扶著身體，憤恨不平。

明明只是個幻武使，不過剛和武器ＡＩ締結契約而已，這樣的人——怎麼可能打得贏他們！

「你們故意把遊戲的技能調弱了吧？所以才能如此肆無忌憚地把幻武使們當成小白鼠攻擊。」她舉起狙擊槍，將槍口對準他的臉，「並非我變強，而是現在的我，不受系統牽制，我和你們一樣都是奧格拉斯的人。」

話剛說完，從身旁竄出的大劍，劃過她與倒地的敵人之間。

俞思晴連忙向後跳開，單膝跪地，咬牙抬頭。

「如果妳真的是奧格拉斯的人，就變成武器給我看看啊——」大漢將大劍扛在肩上，裂嘴笑道：「若沒有那種能力，就別說妳是我們的同伴。」

「嘖，棘手的人登場了。」夏尼亞不快地咋舌，「這傢伙的蠻力可不能小看。」

「我跟他們交手過，很清楚這點。」

「那妳打算怎麼做？」

「當然是讓你上場。」

俞思晴說完，轉換武器，帶著銀色長棍奔向大漢。

比起有契約關係的巴雷特，她使用夏尼亞的時候相當不利，不但無法使用棍族的技能，契合度也會大幅降低。

面對猛虎這樣強大的對手，簡直是在送死，可比起副手武器，當然還是夏尼亞稍微強一點。

猛虎大劍一揮，把俞思晴打得老遠，但俞思晴卻迅速翻身，雙腳踏著岩壁，利用反作用力再次逼近。

「嘖，像蟲子一樣亂竄！」

猛虎俐落地揮舞大劍，卻怎麼樣也砍不到俞思晴。

無意攻擊，單純閃躲與防禦的俞思晴，連根手指都沒讓猛虎碰到。

「閃來閃去的，煩死人了！」猛虎鼓起肌肉，仰天怒吼，強勁的聲波差點沒把俞思晴震飛。

俞思晴使出全身力氣，穩穩站在原地，一抬頭，就看見薇蒂亞手持巨型狙擊槍，將槍口瞄準她。

她驚訝地睜大雙眼，想閃已經來不及了。

耳邊只能聽見薇蒂亞的聲音。

「零距離狙擊。」

砰一聲巨響，子彈伴隨著閃光，射出美麗的白色光束。

攻擊結束後，俞思晴的身影消失不見，連點渣都不剩。

薇蒂亞笑著將重型狙擊槍直立於身旁，心滿意足。

「總算把煩人的小蟲子解決掉了。」

「真是這樣嗎？」

身後突然傳來熟悉的聲音，薇蒂亞當場愣住。

「薇蒂亞！」一旁的重型狙擊槍注意到的時候，已經太遲了。

俞思晴手中的銀色長棍狠狠擊中薇蒂亞的脊椎，將她整個人打飛到不遠處的岩壁上。

這次攻擊，把一旁的武器ＡＩ全都嚇傻了。

他們畏懼地慢慢轉過頭，看著自己的老大卡在岩壁上，動彈不得，臉色瞬間刷白。

「薇蒂亞大人！」

「妳這傢伙！」

「別亂動。」俞思晴踩在已經插入銀針、平躺在地的重型狙擊槍身上，眼神冰冷地掃視這些武器ＡＩ，「現在立刻給我滾，否則，你們的第二個老大就會成為下一個犧牲品。」

「猛虎大人！」

「該死，區區一名幻武使，居然敢命令我們……」

話雖如此，武器ＡＩ們還是停止了攻擊。

俞思晴收回腿，慢慢從這些人中間走過去，雖然感受到炙熱的目光，卻沒有人敢出手攻擊她。

「別裝得一副好像自己很厲害的樣子好嗎？剛才要不是我的話，妳早就粉身碎骨了。」看不下去的夏尼亞，忍不住吐槽。

「小晴這麼做，是讓敗犬們別再亂吠，省下戰鬥的麻煩。」巴雷特笑嘻嘻地說。

聽著兩人對話的俞思晴，不禁捏把冷汗。

她對剛才的事情仍心有餘悸，坦白說，她確實很感謝夏尼亞。

在薇蒂亞扣下扳機的前一秒，巴雷特突然變回人形，使用夏尼亞的技能「影身」，才好不容易讓他們逃過一劫。

代價就是，夏尼亞短時間內無法使用任何技能。

「『影身』可是我的大招之一，別隨便亂用，混帳。」

「放心，這段時間你就好好休息。」

「要是在我休息的時候，那女人跑出來該怎麼辦？」

原本以輕鬆態度聽著兩人說話的俞思晴，突然表情僵硬，露出略帶苦意，卻又興奮不已的笑容，默默拿起白色狙擊槍。

「……夏尼亞，看來你不用擔心了。」

聽見俞思晴這麼說，夏尼亞與巴雷特這才注意到前方傳來的殺氣。

兩人精神緊繃，雖是武器型態，卻彷彿能夠看見它們身上冒出的汗珠。

「該死……運氣還真好。」

「你可別休息太久啊，夏尼亞。」

「我知道啦！」

俞思晴冒出冷汗，握著狙擊槍的雙手，也緊張地顫抖。

她全神貫注，雙眼緊盯前方。

從沙塵中出現纖細嬌小的身影，踏著緩慢的腳步，一點點縮短彼此的距離，若隱若現的清純臉龐正對著她微笑。

是那讓人打從心底發抖的可怕笑容。

「找、到、妳、了。」女孩說道，同時單手劃破眼前的塵埃。

包括那名神祕的少女在內，四名陌生的武器ＡＩ，也一同出現在他們面前。

第六章　荒蕪之戰（下）

「這是什麼情況……」俞思晴雖然在笑，卻不禁冷汗直冒。

總算見到她想找的人，可是她卻一點也高興不起來，原因不是別的，正是她身後跟隨的四名武器ＡＩ。

與之前不同，眼前的少女有著比在大樓見到時還要強大的氣魄，壓得她快喘不過氣來。

這女孩，真的是「人類」嗎？

「她看起來很興奮，妳到底對她做了什麼？」夏尼亞直接了當地問。

「只是和她說過幾句話而已。」

「真是……所以就叫你們別亂來，巴雷特，你可要負起責任。」

「如果不這麼做的話，根本沒辦法把人引出來。」巴雷特無視夏尼亞的調侃，認真說道：「但我沒想到，這位大人居然……」

「現在總該告訴我她是誰了吧。」俞思晴根本沒時間了解少女的身分，但她很清楚，夏尼亞和巴雷特有什麼事瞞著她，「她只有說過自己是人類，這是真的嗎？」

「也許吧，關於她的故事，是個無法證實的傳說，但她確實和妳的世界有關係。」夏尼亞覺得出巴雷特應該無法說出口，只好由他來，「她和繆思是同類人。」

「繆思？所以說她也是鍛造師？」

「不……她是名戰士。而且遠比這裡的任何一個人都要來得強大。」

夏尼亞和巴雷特同時變回人形，各自站在俞思晴前方的左右兩側。

兩人的目光，銳利如刀，彷彿要貫穿敵人的身軀。

然而少女卻只是甜笑著，用那雙沒有溫度的眼眸，注視兩人。

「夏尼亞，巴雷特。真可惜……你們曾經是我愛用的武器。」

「現在不是了。」巴雷特握緊拳頭，像要強調兩人之間的距離般，喊出她的名字，「從很久以前開始，我就已經不屬於妳，娜米坦。」

「就算曾與您並肩作戰，被譽為白色雙狼的我們，如今也不過是為了阻止前任主子做錯事的笨蛋罷了。」夏尼亞單手插入口袋，左手捻菸，輕吐一口，「而且我看您似乎已經找了替代我們的人選。」

白色雙狼？

俞思晴愣了下，她記得巴雷特說過自己沒有跟任何人成為搭檔，為什麼……

發現俞思晴用困惑的眼神盯著自己，巴雷特心虛地苦笑著，沒有多做解釋。

在夏尼亞說完話沒多久，四名武器ＡＩ同時走上前。

四比二，明明他們處於人數劣勢，但氣魄卻絲毫不減。

俞思晴從沒想過，自己會在這種狀況下感到安心。

「能替代你們的武器，多不勝數，為我所使用，是武器們的終願。」娜米坦說道，慢慢將手抬起，指向俞思晴，「難道你們天真地以為，從我的故鄉隨便找來的小女孩，能替代得了我嗎？巴雷特。」

被小女孩稱為小女孩，感覺真奇怪。

俞思晴內心充滿違和感，但對方的口吻相當老成，又讓人感覺不出哪裡不對。

「我和小晴締結契約，並不是為了讓她替代妳，而是因為她是我決定攜手相伴終身的伴侶。無論發生任何事，我都不會放開她。」

「巴——」俞思晴被巴雷特說的話嚇到無地自容，慌張地揮舞雙手，不知所措。

一旁的夏尼亞倒是無所謂，只是默默抽著他的菸。

「真是驚人，對什麼事情都沒有興趣的你，居然會這麼說。」娜米坦相當驚訝，看著俞思晴的目光，也變得更加銳利可怕，「果然還是得殺了妳。」

俞思晴從娜米坦的眼神中看到怒火，看來她已經完全成為她的眼中釘。

不過，她早就下定決心要陪伴在巴雷特身邊，無論是誰，無論發生什麼事，她都不會退縮、反悔。

「如果妳能殺得了我的話。」俞思晴雙手環胸，毫不退讓。

「有意思。」娜米坦甜笑道，眉頭一皺，將手往旁邊的美男子伸過去。

俞思晴感覺到她的殺氣，咬牙抓住夏尼亞的手。

夏尼亞才剛化作長棍，對方就已經持長槍朝她刺過來。

利刃揮砍而下，將俞思晴和銀色長棍一同重壓在地，巨響與塵埃隨著強勁的風壓，將周圍的風沙吹散。

然而在攻擊擊中的地方，並沒有看見俞思晴。

娜米坦抖了一下眼皮，迅速找出俞思晴的位置，手中的武器朝右方橫掃，正好擊中她。

俞思晴往後滑步，沒給自己喘息的機會，再次持長棍迎擊。

雙方的武器來回對峙，速度不分上下，但力道卻是娜米坦占上風。

俞思晴本來就有些疲憊，額頭上的汗水越冒越多，幾乎將她的雙眼沾濕。

幾次交手，她便明白自己與娜米坦的差距有多大，現在的她和在大樓見到時完全不同。

是因為當時沒有武器ＡＩ的關係嗎？若光是這樣就能讓彼此有如此大的差距，那麼她恐怕永遠都贏不了這個人。

趁她分心思考該怎麼贏的時候，娜米坦持著雙手刀從她身後冒出來。

一股寒意讓俞思晴的身體發出直覺反應，迅速舉起長棍擋住由上而下的刀刃。

「嗚！」她咬牙，使出全身力氣，但雙手卻在不停顫抖。

娜米坦垂眼看著她狼狽的模樣，「妳知道嗎?武器ＡＩ之間的契約關係並非最強大的力量，而是身為使用者的我們，如何運用這股力量。」

伴隨著語句，娜米坦抬起腿，狠狠掃過俞思晴毫無防備的腹部。

俞思晴瞪大雙眼，下意識閉上雙眼。

靜待三秒後，她卻沒有感覺到想像中疼痛，而是聽見那溫柔、熟悉的聲音。

娜米坦驚愕地看著握住她小腿的手掌，皺緊眉頭，顫抖著聲音說：「巴雷特……你這叛徒……」

「我不會讓妳傷害我最重要的女人。」蹲在俞思晴身旁的巴雷特，慢慢抬起頭來。

盯著娜米坦的眼眸，眼神銳利到令人恐懼。

跟隨娜米坦的其餘三名武器ＡＩ，迅速從後方冒出來，一同發動攻擊。

俞思晴見狀，連忙抓住巴雷特的肩膀，不需要言語，巴雷特立刻就明白她的意思，自動變回狙擊槍。

俞思晴一手拿著狙擊槍，一手握住長棍，腳底發出光芒，迅速從包圍網中衝了出去。

後腳剛離開，三名武器ＡＩ的攻擊正好落下，摩擦引爆的大量塵埃，將敵方的身影完全抹去。

背對他們的俞思晴，蹲在地上不斷喘息。

「體力……快不行了……」

「還是先想辦法撤退吧，繼續打下去，我們都會沒命。」夏尼亞觀察眼前的情況後，向兩人提議，「娜米坦使用的都是與她有契約關係的武器ＡＩ，而且還有四個，對只有一個契約武器ＡＩ的妳顯然相當不利。」

「不行，要是撤退的話，其他人就會被盯上。我不想把大家捲進來。」

「都什麼時候了，妳還在逞英雄。」

「我不要緊的，還可以再撐一會兒，所以……再幫幫我好嗎？」

「……真是拿妳沒辦法。」夏尼亞的語氣充滿無奈，「若妳真想讓我幫忙，就不該只使用巴雷特一個武器。」

「你的意思是，要我跟你締結契約？」

「不這麼做，是無法打倒她的。」

巴雷特沒有說半句話，只是靜靜聽著夏尼亞的發言。

親身經歷過戰鬥的俞思晴，很清楚夏尼亞是對的，但她不知道自己是否能夠跟其他武器ＡＩ締結契約。

可惜，她沒有更多的時間思考，手持鐵鍊的娜米坦從塵埃中躍出，將綁著彎刀的鐵鍊射向她。

俞思晴舉起長棍將鐵鍊纏繞住，單手舉起狙擊槍，將槍口對準她。

「重狙砲！」

這招的反作用力很強，但相對的，攻擊速度和威力都很高。

俞思晴用盡全力穩住槍枝，子彈沿著鐵鍊擊中在半空中的娜米坦。

爆炸的黑煙迅速在天空擴散，鐵鍊從長棍上滑落，平躺在地。

但俞思晴根本來不及顧慮空中的情況，在鐵鍊落下後，又有兩名武器ＡＩ正面朝她攻擊過來。

俞思晴下意識往後退，卻發現自己的雙腿被鐵鍊緊緊纏住。

無法逃離的俞思晴，只好舉起兩把武器，擋住對方的拳頭。

沒想到在這時，第四名武器ＡＩ從地底鑽出，手臂化作刀刃，劃過她的腹部。

「嗚……」

鮮血從俞思晴的腹部噴灑而出，巴雷特心疼又錯愕地驚呼：「小晴！」

俞思晴咬牙轉動手腕，將狙擊槍對準左方的武器ＡＩ。

對方察覺到她的動作，在開槍前就已經退開，俞思晴抓住這個空檔，用長棍狠狠朝對方的後腦勺敲下去。

右側的武器ＡＩ見自己的伙伴兩眼翻白、倒地不起，頓時有些驚訝，但卻沒有退開。

他扭緊另一手的拳頭，單掌朝俞思晴的臉推過去。

俞思晴將長棍直放在面前，擋住他的手掌，眼角餘光注意到方才退開的武器ＡＩ已經化為武器型態，與持有它的娜米坦出現在左側。

俞思晴瞪大雙眸，眼瞳映照出娜米坦發狂似的笑容。

「奧格拉斯的神，只能有我一人。」

在娜米坦的攻擊擊中之前，俞思晴清清楚楚地聽見這句話從她口中說出。

接著，刀刃沾滿了鮮血，俞思晴嘴角溢血、臉頰留有清楚刀傷地倒在地上喘息。

「哈、哈啊……哈……」

「小晴！」巴雷特看不下去了，迅速變回人形，將俞思晴緊緊抱在懷中。

夏尼亞不快地咋舌，以人形姿態站在兩人面前。

「這就是使用者的差距，巴雷特、夏尼亞。」娜米坦抬起頭，面無表情，「你們背叛了神的旨意，讓這孩子走上被鮮血染紅的道路。殺死她的並不是我，而是將她拉入殺戮世界的你們。」

「開什麼玩笑……」夏尼亞咬緊嘴裡的菸，總是冷靜的他，難得如此震怒，連說話的敬語也省去了，「妳打從一開始就沒想拯救奧格拉斯，妳這傢伙……算什麼神！」

「沒想到連乖巧聽話的你都開始質疑神的決定。」娜米坦雖然眼神哀傷，但表情卻完全不是那麼一回事。

她那扭曲的漂亮臉蛋，露出殘虐的笑容，讓夏尼亞對她的記憶再次粉碎。

娜米坦將掌心向上攤開，倒數計時器浮現在他們面前。

原以為還有許多時間，沒想到，卻只剩不到五分鐘。

怎麼想都覺得不對勁，巴雷特立刻反應過來。

「妳……妳擅自調整了倒數計時？」

「原以為你們會帶給我更多樂趣，所以才特地保留時間給你們，但我很失望。你們兩人帶來的偽神，根本沒有和我站在同等地位的資格。」

在她握緊拳頭的瞬間，周圍突然天搖地動，雖然被風沙遮蔽了視線，仍能聽見四周傳來的慘叫聲。

「妳做了什麼！」巴雷特流下汗水，抬頭看見天空出現龜裂的痕跡。

夏尼亞連忙轉身，替他抱起俞思晴，大聲斥責。

「發什麼呆！那女人已經不打算留給我們逃跑的時間了！她打算直接毀掉《幻武神話》！」

在夏尼亞的斥責下，巴雷特才漸漸反應過來。

而躺在夏尼亞懷中的俞思晴，則是露出笑容。

「我就覺得奇怪……那傢伙……為什麼要浪費時間弄什麼倒數……想要殺掉所有人的話，把系統封閉後直接毀掉不就好了……呵。」

她睜開虛弱的眼皮，將娜米坦的笑容收進眼底。

「原來她在試探我。」

「廢話少說，妳現在可是實體，血流太多會死的。」

「死不了的。」話雖如此，俞思晴的眼皮卻越來越沉重。

奄奄一息的俞思晴，讓夏尼亞更火大。

「會死的哦。」娜米坦握住長槍，笑著走向三人，「我要在這裡斬斷你們之間的羈絆。」

她邊說邊舉起武器，用天真可愛的甜美笑容，說出令人顫慄的話語。

「只有我，才能駕馭奧格拉斯的武器ＡＩ，像妳這樣的人——不需要！」

語畢，娜米坦的身影瞬間消失在原地，再次出現的時候，已經來到夏尼亞身後。她瞄準的，是夏尼亞的頭顱。

「夏尼亞！」巴雷特匆忙起身，卻發現右腿已經被鐵鍊纏住。

而躺在夏尼亞懷中的俞思晴，用盡最後一絲力氣，挺起受傷的身軀，緊緊抱住夏尼亞的頭與後頸，以自己的肉身保護他。

鏘一聲脆響，劃破寧靜。

彷彿連呼吸都靜止了。

巴雷特瞪大雙眼看著夏尼亞與俞思晴，張嘴說不出話來。

娜米坦的長槍，被一面雪白的鏡子擋住。

鏡面抵著槍尖，卻完全沒有刮痕，只是出現了水波般的漣漪。

站在鏡子旁邊的，竟然是本不該出現在這裡的繆思。

娜米坦看見他，眼神立刻變了，識相地收起攻擊，往後退回到武器ＡＩ們之間。

「繆思……」

「娜米坦大人。」

相較於咬牙切齒的娜米坦，繆思倒是一臉平靜。

「你不是無法踏出奧格拉斯嗎？為什麼會出現在這？」

「離開個幾分鐘不會受到影響，就像到自家樓下的垃圾場扔個垃圾。」

繆思抬起眼眸，與娜米坦對上視線。

從他眼中透出的銳利目光，即便是娜米坦，也不禁感到害怕。

在逐漸崩塌的世界中，瀰漫著緊張的氣氛。

「夏尼亞、巴雷特，馬上帶她離開。附近有我準備好的傳送陣，可以直接前往神殿。」

兩人回過神，連忙照著繆思的話去做。

巴雷特頻頻回首，他跑到一半，突然停下腳步。

「喂，巴雷特！你在做什麼？」

「我留下來等繆思，你先走。」

夏尼亞根本沒時間說服他，再加上俞思晴已經昏過去了，他不得不選擇拋下兩人。

巴雷特回到繆思身邊，繆思見到他，似乎沒那麼驚訝。

「你果然是個溫柔的男人。」

「我已經決定不再讓任何人犧牲。」

「雖然我確實活得夠久了，但我可沒打算送死。」繆思轉頭朝娜米坦等人輕笑道：「娜米坦大人，是否能看在我的面子上，放過這些無辜的人？」

娜米坦瞇起眼睛，她很懷疑這隻老狐狸又在盤算著什麼。

「我離開後，你們就要捧那個沒用的人類成為神？」

「那個即將滅亡的世界，已經不需要神。」

兩人互相對峙，誰都沒有要退讓的意思。

但遊戲世界崩塌得越來越嚴重，娜米坦身旁的武器ＡＩ也忍不住開始擔心起來。

「娜米坦大人，我們該離開了。」

「這裡一旦崩壞，他們就會被困在奧格拉斯。」

「是啊，娜米坦大人。就算我們不趕盡殺絕，他們最後仍是死路一條。」

娜米坦靜靜聽著武器ＡＩ們的諫言，緊盯繆思不放。

最後，她總算妥協，轉身離開。

她的武器ＡＩ們也急匆匆跟上，一行人的身影，消失在程式碼的光芒中。

繆思笑咪咪地回頭對巴雷特說：「我們也走吧，可不能跟這種虛擬世界同歸於盡。」

沒想到娜米坦等人會心甘情願地離開，巴雷特有些意外。

回過神來，發現繆思已經離他老遠，連忙追上前。

「繆思，這到底是怎麼回事？你——哇啊！」

「有話等安全之後，再慢慢說。」

巴雷特還沒問完，就被繆思一腳踹進傳送陣。

接著繆思也跟著跳進去，在荒蕪沙漠完全崩潰前，平安離開。

從入侵廣達的大樓、破壞《幻武神話》的伺服器後，已經過了兩、三天的時間。

當初剛離開的他們，不但手足無措，還身負重傷，完全沒有辦法自保，直到遇見繆思派來的薩維弩。

在牠的指引和大神下凡冷靜的處理下，他們安全地離開現場，並用薩維弩帶來的藥水治療銀和無緣人。

而《幻武神話》無法登出與登入這件事，很快就出現在電視新聞上，設計遊戲的廣達公司，頓時成為眾人討伐的對象。

登入的玩家無法登出，意識被困在虛擬世界中，再這樣下去，現實世界中的玩家會越來越虛弱，直至死亡。

由於牽扯的玩家人數眾多，才會讓這次事件爆發開來。

雖說已經有相關部門介入調查，也將玩家們集中，進行醫療保護，但直至目前為止，廣達公司仍沒有對此發表任何消息與解釋。

該公司期下的所有產業都停擺，整間公司的人就像突然消失無蹤一樣。

若不是身為事件中的一員，大神下凡很有可能會把這件事當成都市傳說。

——然而，事件爆發後四十八小時所發生的所有事，如今已經被完全改寫。

廣達公司恢復正常運作，電視新聞也不再報導這則消息，彷彿這場玩家綁架事件不存在一般，讓人不起疑都難。

「這是怎麼回事？」今天一早打開電視機的大神下凡，對消息完全不見蹤影的事情，感到十分驚訝。

薩維弩飛過來，停在他的肩上。

「是組織搞的鬼，你們這邊的人，已經忘了《幻武神話》的存在，以及那些受到意識綁架的親朋好友們。」

「這怎麼可能？」大神下凡無法理解，難道奧格拉斯的魔法，連這種事都能做到？

「像我之前告訴你的，《幻武神話》已經被組織毀掉了，在那之後，備用系統會被開啟，也就是『記憶清除』，關於《幻武神話》的一切，都將會被人們遺忘。

而那些受到牽連的對象曾經存在的痕跡，也會跟著消失。」

「可是他們不是被集中保護嗎？」

「集中保護他們的機關，是組織的人。」

「你這情報未免也太晚才說。」

大神下凡已經從薩維弩那邊聽說，關於俞思晴等人被困在遊戲內的消息，而且薩維弩也會隨時追蹤他們的狀況讓他知道，所以大神下凡並不擔心。

「既然與《幻武神話》有關的記憶會被清除，為什麼我的還保留著？」

「還記得替你們療傷的時候，我塞進你們嘴巴裡的糖果嗎？」

「你說那顆像蝙蝠屎的東西？」

「真沒禮貌！我才不會做這種缺德的事！」

「那東西難道不是什麼保命藥丸？」

大神下凡沒搭理牠的抱怨，繼續問下去。

薩維弩嘟起嘴，沒好氣地說：「不是，那是保護你們的魔法。」

「居然有用吃的魔法。」

「別小看繆思大人，那位大人可是相當偉大的。」

沒見過繆思的大神下凡聳聳肩，對他來說繆思就是個陌生人。

但薩維努說是繆思幫了俞思晴他們，單就這點，勉強能信任一下。

「所以吃了蝙蝠屎的我們，記憶不受影響。」

「就說不是屎了……總而言之，你們是巴雷特大人在這邊的伙伴，保護你們是應該的。」

「那麼，接下來我們該做什麼？」大神下凡睨視牠，「讓我們好好休息三天，就是在等這個情況吧？是不是該告訴我下一步該怎麼做了？」

「如巴雷特大人所說，你果然是個聰明的男人。」薩維努瞇起眼眸，拍翅飛起，「招集你的人手，我們要把奧格拉斯整個拉過來。」

大神下凡蹙眉，「這就是你們的目的？那你們做的事情，和組織有什麼不同？」

「當然不同，我們沒有打算犧牲任何人的性命。」

「不打算犧牲任何人……要是一開始就能這麼做，為什麼還要繞這麼大一圈？」

「因為這是需要代價的，繆思大人說，他不希望強迫任何人。」

「現在呢？」

「當然是已經做好萬全的準備。」薩維努露齒笑道，「我們這邊也不是老挨打的笨蛋，該輪我們反擊了。」

「……好吧，我會通知其他人過來會合，在這之前，你先好好把情況說給我聽。」

「不如讓你信任的人來跟你說，免得你老是懷疑我。」

薩維弩說完，便變成一團黑色漩渦，從漩渦中出現像是鏡面般的透明玻璃。

才剛拿出手機的大神下凡，第一次見到如此神奇的東西，忍不住直盯著瞧，直到他看見巴雷特的臉出現在鏡中。

「巴雷特！」他驚呼道，「沒想到這隻小蝙蝠還有通訊功能？」

「不算是，現在我們是隔著兩個世界對話。」巴雷特面無表情，語調也相當平靜，一點也不像是要談論重要計畫的樣子。

「我老……小晴的情況如何？」

「復原得很順利，再過幾天就會完全康復。」

「明明有你跟著，為什麼還讓她受這麼嚴重的傷？」

「抱歉，因為對手太強。」

「是你們老掛在嘴邊的那個『神』嗎？」

巴雷特點點頭，「小晴和她打上一架，還能保留性命，已經很不簡單了。」

「呵，她果然是個厲害的女人。」

「我們這邊已經準備得差不多了，等小晴醒來後，就要開始準備行動。」

「你那邊已經討論好，確定要這麼做？」

「嗯，雖然跟我原本的目的不太一樣……但這麼做算是對彼此都有利。不管是你們人類，還是我們武器ＡＩ。」

「結果到頭來還是甩不掉你們這些武器ＡＩ。」大神下凡笑道，「不過也好，我可是很想跟我的線人見上一面呢，往來這麼久，卻從來沒有說過話，這樣未免也太不負責任，我怎麼也得聽他親口向我道謝。」

巴雷特笑道：「我會轉告他的。」

「那麼——接下來就是最後的計畫了吧？」

「啊，要繼續麻煩你了。」

「安心交給我，反正我早就習慣暗中幫助你們這些外來客了。但這次可別再讓我遭遇生死關頭，我再怎麼說也只是個普通人類，可沒你們那種力量。」

「不會的。」巴雷特勾起嘴角，「這次，我們會有屬於自己的軍隊。」

聽他這麼說，大神下凡多少察覺到他們正在盤算什麼。

一方面覺得有趣，一方面卻又覺得自己無法參與，有點可惜。

但身為年度最佳後勤人員，說什麼也要加入這次的「最終作戰」。

「說吧，你有什麼計畫。」

大神下凡帶著自信滿滿的笑容與桀驁不遜的態度，仔細聽著巴雷特的計畫。

風水輪流轉，這回，總該讓他們「人類」占一次上風了。

第七章　神與幻武使（上）

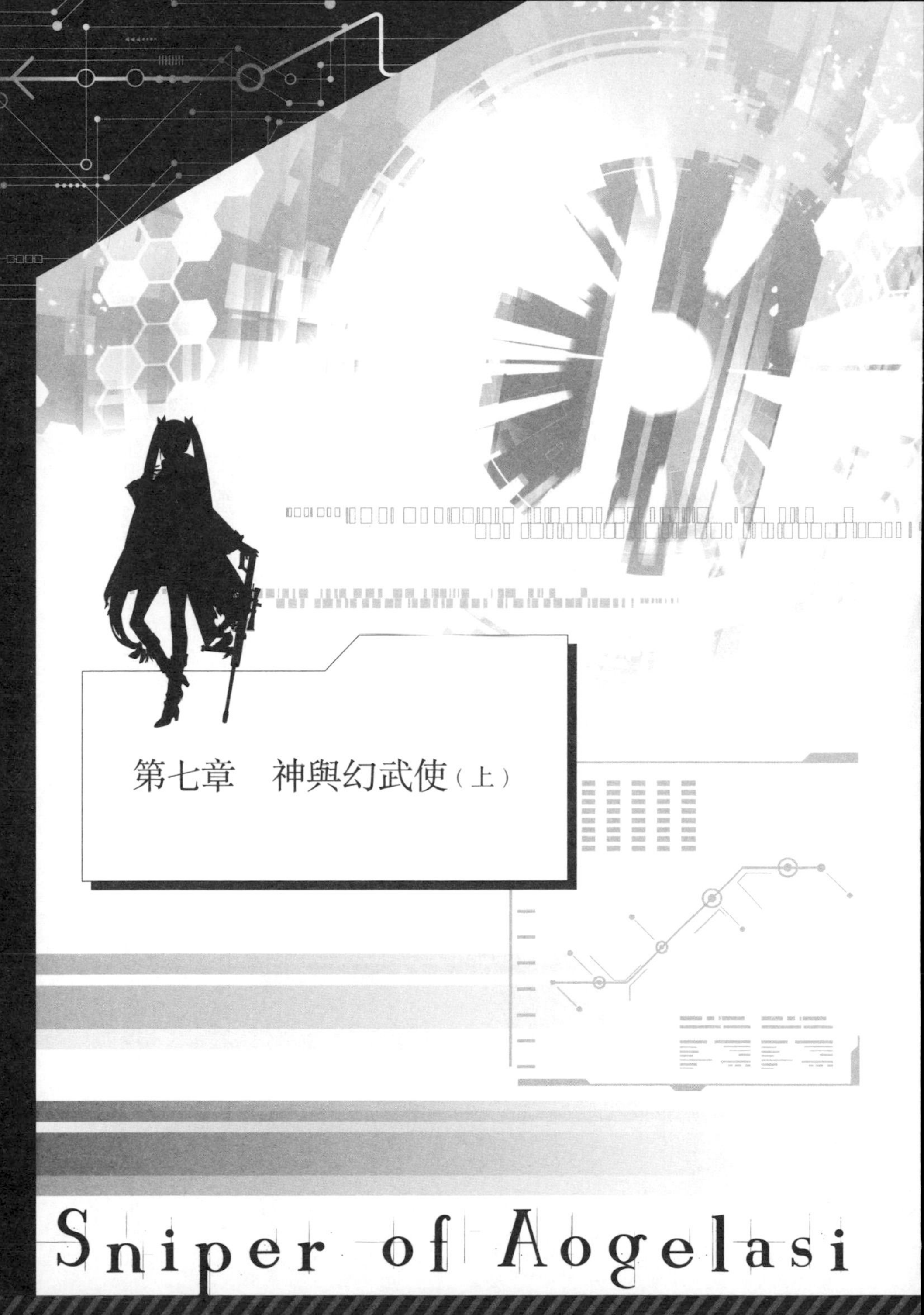

因重傷與失血過多而昏睡的俞思晴，再次睜開眼的時候，發現自己已經安全地躺在某個房間裡。

陪著她的，是巴雷特和夏尼亞。

「我們……沒事了？」她虛弱地開口，發現喉嚨又乾又癢，才說一句話就難受得拚命咳嗽。

「喝點水。」巴雷特將水杯遞給她，輕輕攙扶著她的身體。

在巴雷特關愛的眼神注視下，俞思晴喝了點水潤喉，這才沒那麼難受。

「我睡了多久？」

「三天。」夏尼亞直接了當地回答，完全沒有要隱瞞的意思，「看不出來妳這麼會賴床。」

「不小心睡過頭了。」俞思晴俏皮地回應，看到夏尼亞安然無恙，她比誰都開心。

她最後的記憶，是夏尼亞即將被貫穿的畫面，當下她什麼都沒想，就用身體保護他，不過看樣子，最後保護夏尼亞的應該不是她。

「發生了什麼事？」

「繆思出面幫了我們。」巴雷特回答，「這三天妳雖然有幾次醒來過，但似乎都沒有意識，所以我跟夏尼亞才會輪流看著妳。」

「沒有意識？該不會是夢遊？」

「倒不如說是對戰鬥的執著。」夏尼亞雙手環胸，眼神相當可怕，看起來好像在生氣，這讓俞思晴不敢開口問，自己是不是對他做了什麼。

「妳連受傷都不肯乖乖休息，淨給人添麻煩。」

「對不起，本來應該是我保護你們才對。」

「說什麼保護？我可不是妳的武器ＡＩ。」

「但你保護過我們，還暗中幫了很多次忙。」俞思晴說得真心誠意，現在她已經把夏尼亞當成同伴看待了。

接連的戰鬥，讓她沒機會好好跟夏尼亞說上幾句話，不然俞思晴早就跟他道謝了。

巴雷特和夏尼亞見她已經恢復得差不多，狀況也好了一些，同時露出安心的笑容。

「真是個麻煩的女人。」

「小晴，妳沒事真是太好了。」

俞思晴有點不好意思地捏著棉被，「謝、謝謝你們……」

也許是放下心來的關係，俞思晴忽然想起遊戲裡的同伴，突然大喊：「啊！其他人呢？其他人沒事吧！」

她睡了三天，表示《幻武神話》早就被毀得一乾二淨。

就算他們在繆思的幫助之下平安無事，但耀光精靈和安他們呢？

「沒事，大家都沒事。」巴雷特抓住她的肩膀，努力安撫她，「繆思把荒蕪沙漠裡所有玩家都帶到奧格拉斯來，大家都很安全。小晴，就像妳說的，沒有任何人犧牲。」

俞思晴緊張害怕而顫抖的雙眸，在聽見巴雷特的回答後，總算安心下來。

想到大家都沒事，身體一放鬆，變得軟弱無力，直接躺回床上。

「太好了，看來要好好感謝繆思才行。」

巴雷特朝夏尼亞使眼色，夏尼亞露出厭惡的表情，但沒有離開。

「小晴，雖然妳才剛醒來，這麼說或許有點趕……但妳可以和夏尼亞締結契約嗎？」

「咦？」俞思晴愣了下，又從床上坐起來，「原來幻武使可以跟複數以上的武器ＡＩ締結契約？」

「雖說武器ＡＩ之間無法這麼做，但如果是人類的話，就沒有數量限制。妳也看到娜米坦持有的武器數量了。」

她轉頭望向夏尼亞，從他完全沒有笑容的臉上可以確認，夏尼亞根本不願意。

「這個……我有巴雷特就好，沒關係的。」

「如果妳想要打贏娜米坦，只有增加契約武器，才能和她抗衡。」

「我、我雖然能理解，但我不想強迫夏尼亞。」俞思晴苦笑道，「他看起來一點也不想跟我成為搭檔。」

「我什麼時候說不願意了？」夏尼亞語氣不耐，「妳以為我是個忘恩負義的男人嗎？」

「說什麼忘恩負義，沒那麼嚴重。」

「妳曾用性命保護我，若我不答應，這不叫忘恩負義叫什麼？」

沒想到夏尼亞居然對這種事如此敏感，讓俞思晴有些驚訝。

看來之前在遊戲公司見到的「夏尼亞」，和現在站在她眼前的，完全是不同的兩個人。

「我說你們，別把人逼得太緊，她才剛睜開眼沒幾分鐘而已。」彷彿算準她醒來的時間，繆思走入房間，對兩個大男人說道：「再讓她緩緩，反正還有時間。」

「可是現在已經……」

「著急也沒用，巴雷特。你也不想勉強你的幻武使吧。」

繆思給了巴雷特一記冷視，巴雷特只好默默低下頭，和夏尼亞一齊從床邊退開。

俞思晴有些擔心地看著兩人。

以往的巴雷特，絕對會以她為重，但在見到娜米坦之後，巴雷特的態度就變得有些古怪。

「能請你們稍微迴避一下嗎？我有些話想跟她私下談談。」繆思向兩人提出要求，「放心，我不會欺負你們的主人。」

無法拒絕他的巴雷特和夏尼亞，識相地點頭。

離開前，巴雷特忍不住多看了她兩眼，才依依不捨地轉身。

「巴雷特還真是護妻心切。」繆思苦笑著，「我又不會跟他搶老婆，真是的。」

「老老老……」聽到繆思這麼說，俞思晴不好意思地低下頭，「我我、我和巴雷特還沒到那種程度……」

「巴雷特可是很專情的，就算妳拒絕，他也會跟隨妳到終老。」

「嗚嗯……繆思大人，拜託你別說了。」

俞思晴捂著耳朵，害羞得連頭都抬不起來。

繆思笑嘻嘻地來到床沿坐下，輕輕拉起俞思晴的手，「看來妳的身體已經沒什麼問題了，只要多補充點營養就能完全康復、活蹦亂跳。」

「謝、謝謝你。」

「不必道謝。」

「我聽巴雷特說了，你不只救我們的命，其他人也……」

「我幫你們也不過是為了自己的利益，所以不用感謝我。」

「自己的利益？」

俞思晴沒想到繆思會這麼說，她不認為繆思會做出這種事。

被她用懷疑的目光盯著，繆思不禁苦笑。

「妳在懷疑我嗎？」

「因為你不是這種人。」

「噗——」看到俞思晴用這麼認真的表情回答他，繆思就忍不住笑出聲，「真是拿妳這孩子沒轍，難怪夏尼亞那個固執的傢伙會喜歡上妳。」

「我覺得他是討厭我才對。」

「要是真討厭妳，就不會和巴雷特一起陪在妳身邊，不分晝夜地照顧妳。」

俞思晴張大雙眸眨呀眨，感到非常驚訝。

腦海閃過夏尼亞眼睛眨也不眨地站在床邊，惡狠狠盯著她看的畫面，俞思晴不禁寒毛直豎。

「那個夏尼亞?真的假的?」

「沒騙妳，不過本人絕對不會承認就是了。」繆思說完，將偏離的話題轉回，「我想妳現在應該有很多問題想問我。」

突然正經起來的繆思，讓俞思晴不敢大意，連忙收起笑容。

「是的，想問的問題有一大堆。」她邊說邊瞇起眼眸，「但我最想知道的，是關於娜米坦的事。」

繆思並不感到意外，應該說，這也是他特意支開其他人，打算和她私下聊天的原因。

「如妳所知，那女孩……娜米坦是你們世界的人，她和我一樣，都是人類。」

俞思晴不是第一次聽見這句話，比起之前，現在的她已經能稍微了解這番話的意義。

「原來你也和我一樣。」

「我和娜米坦的祖先，是從妳的世界穿越而來，當時的奧格拉斯，正發生內亂，因此法族的武器AI利用召喚術，將能夠同時使用複數武器AI的人類帶到奧格拉斯。」

「原來如此……怪不得組織會這麼快就盯上我們。」

「當時被召喚而來的人有很多，戰爭打了很長一段時間，在漸漸習慣這個世界後，多數人都選擇留下，並在這裡建造屬於自己的城市，過著隱居的生活。」

「只有人類的城市？」

「是的。」

「那他們的武器ＡＩ呢？」

「武器ＡＩ們建立了奧格拉斯組織，負責保護整個世界與隱居的人類，讓他們不受任何人打擾。」繆思嘆息，「雖然不再和武器ＡＩ接觸，但並非所有人都不知道這個城市的存在。」

「聽你的意思，這個城市已經是過去式了？」

繆思苦笑，「妳還真是敏銳，確實如妳所說，這個城市在五十年前就已滅亡。」

俞思晴皺起眉頭，果然和她想得差不多。

從組織的行動來判斷，只能如此猜測。

「那時，有武器ＡＩ打算利用人類發動戰爭，在那次戰鬥中，整個城市毀於一旦，活下來的只有娜米坦一家。」

「只有……他們？」

「是的，因為他們是人類城市的統治者，也就是被奧格拉斯稱為『神』的家族。」

俞思晴瞪大雙眸，「奧格拉斯……神……」

雖然她已經隱約察覺到，但從繆思口中親耳聽見這個事實，還是令她吃驚不已。

繆思見她反應沒有想像中大，笑了笑，「看來妳多少有察覺到。」

「嗯……從巴雷特他們的對話中，不難發現。」俞思晴低下頭，「只是沒想到會是這樣……我總算能理解，為什麼她說自己是人類，還說我的世界是她的故鄉。」

「不，說起來我也很好奇她為什麼會知道。」繆思摸著下巴，「照理來說，人類是穿越而來的事，只有我知道才對，就連娜米坦的祖父母都不知道。為了保護故鄉，他們很久以前就把這件事當成祕密，帶進墳墓。」

「難道是武器ＡＩ告訴她的？」

「已經過去很長一段時間，知道這件事的武器ＡＩ也都不在人世了，就算有，也都被施了禁口咒。」

「先不追究原因，重要的是，娜米坦已經知道這件事，而且她也成功達成她的目的。」

雖然俞思晴不認為娜米坦想回到故鄉是件壞事，但她沒辦法眼睜睜看著其他人被捲入這場無意義的戰鬥。

「我想要帶大家回去，繆思，請你幫我。」

繆思眨眨眼，露出溫柔的笑容，輕撫她的頭。

「我還以為在我告訴妳這麼多之後，妳會問東問西的。」

「問東問西？」

「例如我的年紀，或是『神』和那座城市的事。」

「這裡可是奧格拉斯，不管發生什麼都不奇怪。」俞思晴豎起手指，信誓旦旦地說：「所以，就算繆思你跟我說自己是長生不老，我也不會覺得奇怪。」

繆思沒想到她會這麼說，忍不住笑出聲。

「哈哈哈！妳真是個有趣的女孩。」

俞思晴嘟起嘴，「這句話我今天聽了好多次。」

「這是對妳的讚美，有時候妳的執著，會讓我想起已故多年的友人。」繆思起身，朝她伸出手，「妳可以下床嗎？我們去外面轉轉。」

俞思晴點點頭，披著掛在旁邊的外套，讓繆思牽著自己站起來。

雙腿走起路來很順利，看來這三天時間，她不只是躺在床上呼呼大睡而已。

「我們要去哪？」

跟著繆思走出門之後，她看見像是左右門神、乖乖站在外頭等候的巴雷特和夏尼亞。

對於繆思牽著自己這件事，巴雷特似乎沒有太大的反應，只是乖乖跟在他們身後。

「我們要去哪？」俞思晴根本來不及確認目的地，就被繆思帶著走。

繆思頭也沒回，略帶神祕地說道：「當然是去見讓妳心繫已久的人們。」

繆思的態度，看起來像是要帶她去看什麼不可告人的祕密，沒想到卻是來到奧格拉斯神殿。

裝潢華麗的神殿內，比以往還要熱鬧許多，才剛踏入神殿，就能聽見人們嬉鬧的笑聲。

走廊上全都是人，大家開心地和身旁的朋友聊著天，完全沒有種族或身分的隔閡。

俞思晴覺得有些奇怪，直到她看見了熟人的面孔。

「安！」

「小鈴？天啊！小鈴！」

安一見到俞思晴，馬上哭紅雙眼朝她飛奔過來，直接撞進她的胸膛，差點沒害她咳出一口血。

「嗚嗚嗚！妳沒事嗎？」安哭得一把鼻涕一把眼淚，又突然把人推開，緊張兮兮地問：「等等，妳是真的清醒了？應該不是我認錯吧？」

「真的是我，現在的我比任何時候都還要清醒。」俞思晴苦笑道。

安看了一眼站在旁邊的繆思，膽怯地等待回應。

繆思點點頭，她才重新展露笑容，再次抱住俞思晴。

「妳快把我嚇死了！」

「對不起，讓妳擔心了。」

「算啦，反正大家都沒事。」安嘟起嘴巴，不滿地抱怨，「居然連我這好朋友都瞞著，妳真不夠意思。」

「……咦？什麼？」

「就是奧格拉斯還有武器ＡＩ們的事情啊。」

聽見安這麼說，俞思晴瞪大雙眸，愣了半晌，才收起驚訝的表情，垂下眼簾。

「看來我缺席的這三天裡，你們已經全都知道了。」

「因為繆思很親切地解釋給我們聽，我們也認為妳需要同伴。」

耀光精靈的聲音把俞思晴嚇了一跳，猛然抬頭，發現不只是她，其他三名公會會長也都在，除此之外，還有幾個沒見過的面孔。

「會、會長，狂戰王……」

當她接收到狂戰王那像是要噴出火焰的怒目時，除了苦笑外，實在不知道該露出什麼樣的表情才好。

「很高興妳回到我們身邊，小泡泡。」耀光精靈走上前，給俞思晴一個大擁抱，並在她耳邊輕語，「不過，別再做這麼危險的事了，如果妳因為保護我們而送命，沒有人會感謝妳的。」

俞思晴回抱她，耀光精靈的體溫讓她覺得很安心。

雖然身處奧格拉斯，但這份溫暖讓她覺得自己不像在異世界。

「對不起，會長。」俞思晴低下頭，昏睡這麼長時間，她很清楚自己「努力」過了頭，要不是有繆思在，他們不可能平安無事。

「這次輪到妳聽我們的計畫了。」耀光精靈笑咪咪地拉起俞思晴的手。

「對啊對啊，嘿嘿，妳一定會嚇一跳！」安也湊過來摟住她的手臂，像顆黏皮糖。

俞思晴一頭霧水地被兩個女孩帶到隔壁房間，其他人也跟著進來後，由阿普斯負責將門關好。

其餘人很習慣地走到自己的位置坐下，很快地，會議圓桌旁已經坐滿了人。

「小泡泡，妳坐這。」

耀光精靈把俞思晴的肩膀往下壓，安則是笑盈盈地坐在她隔壁。

「這是怎麼回事？」俞思晴見巴雷特站在自己後面，便悄聲問道。

「今天正好要討論重頭戲，小晴，妳真會挑時間醒來。」

「什麼重頭戲……」俞思晴更不明白了。

她看見夏尼亞走上前，站在耀光精靈身邊，驚訝地瞪大雙眼。

這時她才注意到，現場應該有不少人見過夏尼亞，知道他是誰才對，可是大家的態度都相當平靜。

看來她錯過夏尼亞將身分公諸於世的精彩畫面了。

「夏尼亞……沒問題嗎？」

「沒問題，繆思以『他是臥底』的理由向大家說明後，沒人懷疑。」巴雷特知道她在顧慮什麼，便如實回答，「小晴，不管待會妳聽到什麼，都要冷靜面對。」

「你這樣說我反而會更擔心。」

「沒什麼，反正妳只要記得，現在的情況，已經不單單是妳跟巴雷特兩個人的問題，而是在場所有人共同的問題。」

在兩人交談的同時，羅貝索恩走了過來，冷眼看著自己的主人緊黏著俞思晴不放的畫面。

「羅貝索恩！你沒事了？」

俞思晴見到羅貝索恩平安無事，鬆了口氣。

羅貝索恩卻皺著眉頭，不以為意。

「妳比我慘多了，應該先擔心自己才對。」

「說得也是。」

這點俞思晴無法反駁，看來武器ＡＩ的恢復速度，果然還是和他們不同。

「小鈴妳別理他。那是因為有繆思先生的治療，他才康復得快。」安忍不住向她打小報告，「而且，羅貝索恩直到昨天都還躺在床上哀哀叫。」

「喂！」羅貝索恩露出可怕的眼神，惡狠狠地抓住安的腦袋瓜，「妳在多嘴什麼？」

「好痛好痛！我是你主人，別這麼粗魯啦！」

「這裡可是奧格拉斯，不是《幻武神話》，我沒必要對妳畢恭畢敬。」

「嗚嗚！小鈴，妳看他——完全變了個人。我想要以前那個又乖又孤僻的羅貝索恩啦！」

「妳說誰孤僻！」

「噫！」

生氣歸生氣，羅貝索恩並沒有真的對安動手。

俞思晴旁觀兩人的互動，想起在大樓遇見羅貝索恩時，他急著回去找安的態度，她真心覺得羅貝索恩比她想得還要在乎安。

或許是想掩飾這件事，才會對安這麼粗魯。

「安，麻煩妳小聲點。我們要接著討論昨天的主題了。」耀光精靈被她吵鬧不休的聲音干擾，出聲喝止。

「有活力是件好事，氣氛太緊繃的話，心情也會跟著受到影響。」鈴音笑著替安說話，「不過，我想在開始之前，應該先跟泡泡鈴說一下最重要的事。」

「說得也是。」木瓜用雙手臂枕著後腦勺，向後靠在椅背上，「畢竟現在她已經不是『特別的』那個人了。」

聽見木瓜這麼說，俞思晴心底閃過一個想法，環顧現場所有人，露出不安的眼神。

「別故意欺負她。」雙手環胸、沉默不語的狂戰王，總算開口了。

讓木瓜乖乖閉嘴後，他才轉移目光，放在俞思晴身上。

「現在這個世界有不少幻武使——也就是我們，像妳一樣能和武器ＡＩ締結契約的『戰力』有不少。」

「果然……你們該不會都……」俞思晴嚥下口水，視線很快掃過其他人的臉。

他們全都面帶微笑，沒有否認。

現場的人當中，甚至有之前在城門外鬧事的幾名玩家。

與俞思晴對上眼的時候，他們笑得有些靦腆，但沒有迴避。

「所有人都？」

「沒錯，所有人。」狂戰王再次給她肯定的答覆，「在這裡的人，包括那些因妳而得救的，全部都想法一致。」

俞思晴拍桌站起，汗水滑落臉頰，「你們明白這麼做代表什麼意思嗎？現在《幻武神話》被摧毀，能連繫兩個世界的東西已經不存在了，要是和武器ＡＩ締結契約，你們就回不去原來的世界了！」

「將兩個世界銜接起來的『媒介』還有哦。」繆思走上前，輕搭她的肩膀，「就是你們幻武使。」

俞思晴當場愣住，腦袋還沒開始思考，就聽見耀光精靈開口附和。

「小泡泡，妳別擔心，即便與武器ＡＩ締結契約，成為真正的『幻武使』，我們還是能夠回到原來的世界，不會被困在即將毀滅的奧格拉斯。」

俞思晴越聽越糊塗，這跟繆思之前告訴她的，完全不同。

「繆思……這是怎麼回事？」

「很抱歉之前沒有告訴妳，但是，我確實有不讓任何人犧牲，就能帶大家離開奧格拉斯的辦法。」

俞思晴非常不高興地扯住他的衣領，「這麼重要的事，為什麼要瞞著我！」

「那是因為我沒想到會演變成現在這種情況。」

「……什麼？」

「我曾想過，是不是讓奧格拉斯就這樣毀滅比較好，畢竟武器ＡＩ在你們的世界裡，是相當危險的存在。」

感覺到俞思晴的力道減弱，繆思輕輕將她的手拿下來。

「妳也很清楚我在說什麼吧？實際使用過武器ＡＩ戰鬥的妳，應該比任何人都還能理解我的話。」

俞思晴氣得顫抖，卻無法否認繆思說的話。

確實，武器ＡＩ的事情如果傳開，不知道會演變成怎樣混亂的場景。

他們的世界，可不像現在在場的人那樣，輕易就能被接受。

人類很單純，一旦遭遇無法用常理解釋的事情，就會反彈並拒絕。

想要讓他們的世界接受武器ＡＩ，相當困難。

「就算是這樣……也不能犧牲這麼多的生命。」俞思晴垂下頭，「這是你和組織對立的理由嗎？繆思。」

「是的。」繆思不再隱瞞，據實以告，「不過那是我之前的想法了，和在場的幻武使們聊過後，我已經明白這樣的想法是錯誤的。」

「即便是在異界，武器ＡＩ也有著能夠接納自己的地方與對象。」

繆思說出口的同時，武器ＡＩ們全都笑咪咪的看著自己的搭檔。

俞思晴感受到這分和樂氣息的同時，明白了一件事。

並不是只有她一個人想要拯救武器ＡＩ。

「不過，想讓武器ＡＩ們獲救的辦法只有一個，而且湊巧地，這個條件在三天前就已經達成。」

「三天前？是在我們到奧格拉斯的那天？」

「嗯，因為那項條件，就是你們。」繆思攤手，「組織能夠前往你們的世界，是因為娜米坦是那個世界的人，因此她可以連結通道。但一個人類能夠帶過去的武器ＡＩ數量有限，無法將所有人都帶過去。」

聽到這，俞思晴漸漸有了頭緒，「所以，如果是現在的話……」

留在遊戲裡的玩家人數，的確能夠把所有武器ＡＩ帶過去。

「難道娜米坦不知道這個辦法？」

「我不清楚。」繆思搖搖頭，「不過，光是人數夠多並不能讓連結穩定，必須要有與武器ＡＩ締結契約的人。」

「所以我們大多數人，都像妳一樣，和武器ＡＩ成為伙伴了。」

耀光精靈笑嘻嘻地插嘴，如她預料，俞思晴驚訝到下巴都快掉下來了。

難得看見她這種表情，讓耀光精靈笑得更開心了。

「妳、你們……什麼？」

每個人都笑臉盈盈，但俞思晴心裡卻捏了把冷汗。

她還以為只有幾個人，沒想到竟然大多數的人都？

卡在《幻武神話》無法登出遊戲的人，是參加封測總玩家數的三分之二啊！

這樣的人數，究竟……

「高興吧，小泡泡。」耀光精靈勾起嘴角，「現在妳有能夠對付敵人的軍隊了。」

別說高興，俞思晴的腦袋瓜根本追不上事情的發展。

「我說會長，妳說軍隊……是要跟誰打仗嗎？」

「當然是把我們這些玩家耍得團團轉的奧格拉斯組織。」

「連組織的事情都說了嗎？」俞思晴往繆思的方向看過去。

看來她不得不面對現實。

「小泡泡，不管是遊戲還是現實，在場的人，可都是有高超技術的玩家哦。」耀光精靈單手扠腰，自信滿滿，「我們會讓那些人知道，和『幻武使』作對會有什麼下場。」

看著耀光精靈順口地稱自己為「幻武使」，其他人也都接受這稱呼的畫面，俞思晴只能放棄掙扎。

「事已至此，只好把大家都帶過去了呢。」巴雷特湊到她耳邊，「妳說過不會讓任何人犧牲的，對吧？」

「唔……」俞思晴緊抿雙唇，用力拍桌，「真、真是拿你們沒辦法。」

「我就當妳同意了。」耀光精靈繼續翻閱手中的文件，「既然如此，從現在開始妳就是第一分隊的隊長，好好幹啊。」

「哎？等等，什麼第一分隊？」

「負責進攻的主要隊伍。」不理會俞思晴慌慌張張的反應，耀光精靈繼續說道，

「妳要努力把三天分的訓練補回來才行哦，我可不是個厚此薄彼的人。」耀光精靈笑咪咪的，看起來和藹，笑容卻讓人打從心底發寒。

尤其她還補上的最後一句話。

「對了，忘記跟妳說，第一分隊只有妳一個人而已哦。」

「……咦？妳開玩笑……看來是認真的。」

原以為耀光精靈在作弄她，但看見她笑而不語的反應後，俞思晴確定這是實話。

不知道為什麼，她突然覺得耀光精靈天使般的面孔上，多出了惡魔的微笑。

第八章　神與幻武使（下）

Sniper of Aogelasi

俞思晴花了三天才醒來，而追上耀光精靈與繆思計畫的進度，以及習慣幻武使們和武器AI愉快相處的景象，又花了兩天。

他們花的準備時間比想像中還要長，這讓俞思晴有點擔心其他人的身體狀況，畢竟以「實體」穿越到奧格拉斯的，只有她一人。

和繆思提起這件事情後，才知道他們已經和大神下凡聯絡，得知原來世界的狀況，以及組織的行動。

「他們用法術將與幻武使相關的一切都抹去，但相對的，要啟動如此龐大的魔法，就需要一段時間才能穩定。直到魔法完全啟動，與幻武使有關的記憶不復存在，那時，他們才會把幻武使的『肉體』處理掉。」

繆思向她解釋，才讓她明白，他們還有時間。

「到完全啟動為止，需要多久時間？」

「最快七天，最遲九天。」

「也就是說我們必須在兩天之內趕回去。」

「嗯，但要對付他們，需要更完善的計畫，不能貿然行動。」繆思闔上書本，抬頭對上她的視線，「妳和娜米坦戰鬥過，應該很清楚妳們之間的差距。」

想起那場戰鬥，俞思晴就覺得相當苦惱。

「她不是會長他們能夠打贏的對象，就算他們和武器ＡＩ締結契約，也不可能應付得了長年使用武器ＡＩ戰鬥的她。」

謬思笑著問，「妳有打贏她的自信嗎？」

俞思晴張開口，卻說不出話來。

她知道要打贏娜米坦，光靠巴雷特一把武器是不行的，巴雷特和謬思這兩天也一直催她和夏尼亞締結契約，可她還是猶豫不決。

總覺得這麼做，就像出軌一樣，而且夏尼亞看她的眼神還是很可怕。

謬思見她沒回答，嘆了口氣，暫時轉移話題。

「原先我還很擔心，幻武使們要習慣武器ＡＩ花費的時間會很長，但他們的狀況比我想得還要好，跟組織對抗應該沒有什麼太大的問題。」

「『幻武使』嗎……」俞思晴嘆口氣，「你們似乎已經習慣這樣稱呼我們了。」

「滿好聽的，更何況不能老稱呼你們為『人類』。」

「話是這麼說沒錯。」俞思晴嘆口氣，雙手扠腰，「那你呢？」

「我？」謬思歪頭，「我怎麼了。」

「你也是人類，但為什麼你是鍛造師，不是使用武器ＡＩ的戰士。」

謬思靜靜地露出笑容，「原來妳在懷疑我。」

「不……那個，我只是好奇而已。」

「雖然我是人類，但不過是虛存的意識體罷了。」繆思用平淡的口吻，說出令人詫異的話，「真正的我，早已死去。」

俞思晴瞪大雙眸，說不出話來。

繆思將食指緊貼唇瓣，請她保密，「這件事只有妳跟我知道而已，千萬別說出去，免得引起混亂。」

「可、可是……你……」

俞思晴這才明白，為什麼繆思總能如此大膽行事，可更讓她不解的是，為什麼繆思還存在於這個世上。

她不知道該怎麼開口，也不知道要從何問起。

糾結的心情和她的眉頭一樣，皺得死緊。

見她這麼煩惱，繆思反而笑得更開心了。

「別擔心我，我的職責是保護奧格拉斯的居民，現在有幻武使的幫忙，我就能繼續履行職責了。」

「那你會跟我們一起離開嗎？」

繆思眨眼，突然明白為什麼俞思晴如此憂心忡忡。

「我會的，畢竟我是武器ＡＩ們的守護神。再說，順利移民過去後，我還得帶領大家定居下來。」繆思伸出手指，輕推她的額頭，「所以，別再露出這麼悲傷的表情了，相較之下，我更喜歡妳露出笑容。」

俞思晴紅著臉，摀住被繆思碰觸的地方。

繆思的回答讓她稍微放心下來。

「除了武器ＡＩ之外，還有道具ＡＩ和其他鍛造師需要我。」

「我們也很需要你。」俞思晴認真回答，「不單單只有我，其他幻武使也是。你不但保護我們，還幫了我們很多，所以這次換我們向你報恩。」

「嗯，那就麻煩你們了。」繆思欣然接受她的好意。

兩人剛結束聊天，巴雷特便推開門走進來。

敏感的他一下子就嗅出兩人之間的和諧氣氛，黑著臉衝上前，一把將俞思晴攬入懷中。

「就算是你，也不准橫刀奪愛。」

「我知道你的幻武使很可愛，但別保護過度，會被嫌煩的。」

「煩……」

巴雷特聽見這個字，臉頓時垮了下來。

俞思晴連忙揮舞雙手把他的注意力拉回，「沒事沒事，巴雷特，你別胡思亂想！」

「小晴覺得我很煩嗎？」

巴雷特沮喪地看著她。

雖然巴雷特像狗狗般，用可憐兮兮的眼神盯著自己看，但俞思晴還是忍不住笑出聲。

「噗，真不適合你。」

聽到她這麼說，巴雷特臉色刷白，但隨即又被俞思晴親暱地摟住。

「雖然不適合，但很可愛，所以原諒你了。」

巴雷特滿頭問號，繆思倒是看得很開心。

無論何時，這兩人的互動總是能讓他的心情變好。

「你們感情融洽比什麼都好。」繆思起身，轉而對上巴雷特的目光，「巴雷特，我交給你的東西，你還帶著嗎？」

巴雷特馬上明白繆思指的是什麼，從口袋裡拿出了一把鑰匙。

「你讓薩維弩把這交給我是什麼意思？」

「帶在我身上太危險，所以暫時讓你保管一段時間。」他從巴雷特的手中接過鑰匙，對兩人說：「跟我來。」

「繆思……你要使用那把鑰匙嗎？」巴雷特皺緊眉頭，像是確認般地問道。

繆思笑著轉過身，「時間差不多了，難道你不這麼認為？」

俞思晴來回看著兩人，感覺出他們之間的氣氛緊張，忍不住嚥下口水。

「繆思？」

「別擔心，不會有事的。」繆思的眼神依舊溫柔，一下子就把俞思晴心中的不安掃去，「妳相信我，對吧？」

俞思晴點點頭，握住巴雷特的手。

繆思不再開口，只是在前頭帶路。

巴雷特牽著她慢慢跟在後頭，只有自己被蒙在鼓裡，俞思晴多少還是有點不知所措。

隨著繆思走出房間，離開神殿，來到一處人煙稀少的荒地。

雜草叢生的樹林中，有棟缺了屋頂的廢棄水泥屋，很難想像在華麗的神殿後方，竟然有這樣的建築。

屋子占地不廣，和常見的獨棟別墅差不多，雖然被棄置多年，但從裡面散發出的清新空氣，卻讓人害怕不起來。

活靈活現……雖然這個形容詞不是很恰當，但它還是從俞思晴腦海一閃而過。

「真慢。」

早就抵達的夏尼亞，不知道已經站在那多長時間，一見到三人馬上開始碎碎念。

「我臨時被叫去當指導，所以拖了點時間。」巴雷特走過去和他搭話，「話說回來，你是不是也該幫幫你的族人？畢竟不是每個武器ＡＩ都擅長戰鬥。」

「只要和幻武使培養出的默契還在，就沒問題。我倒是很放心。」

兩人最近常被找去指導戰鬥，越是以旁觀角度觀察，就越難想像他們的感情不好。

更不用說他們曾經是娜米坦愛用的武器ＡＩ。

「我很想再看看白色雙狼的戰鬥呢。」繆思邊說邊往俞思晴的方向看過去。

俞思晴眨眨眼，尷尬地轉移視線，「是、是嗎……」

「小晴，妳還是不願意嗎？都說我不在意了。」巴雷特擔心俞思晴的安危，被娜米坦盯上的她，回到原來世界後，肯定會被視為首要剷除的目標。

夏尼亞面無表情，雙手環胸，一句話也沒說。

「這、這個嘛。」俞思晴尷尬苦笑，實在找不到理由拒絕。

「話先說在前頭，我不討厭妳。」夏尼亞忽然開口，走到她面前。

他的目光依舊冷冽，刺得俞思晴不知所措。

「呃，謝謝？」

「我們現在要的可不是妳的感謝，難道妳有什麼理由不想和我締結契約？」

俞思晴抿著雙唇，垂下頭，小聲咕噥，「……因為我覺得這樣很像出軌嘛。」

這音量應該只有她自己聽得見才對，沒想到抬起頭的時候，夏尼亞的表情變得比剛才還要可怕千倍。

夏尼亞眉尾抽搐，臉上浮出青筋。

「妳這傢伙……就因為這種無聊的理由拒絕我嗎？」

「一點也不無聊！這對我來說很重要！」

「我是要妳跟我締結契約，又不是要結婚。」

「結結結……」

俞思晴滿臉通紅，說不出話。

她的反應讓夏尼亞搖頭嘆息，「妳雖然是個聰明的女人，卻總是在一些奇怪的地方糾結，真是拿妳沒辦法。」

夏尼亞抓住她的左手腕，把人拉過去，「武器ＡＩ的想法和觀念，和人類不同，與其思考妳的感情問題，不如好好想想怎麼做才能打敗娜米坦。」

俞思晴瞪大雙眼，看見夏尼亞的眼瞳中自己的倒影，不禁感到十分抱歉。

「你、你說得對……」打敗娜米坦，是他們現在的首要目標，確實不該受到感情左右。

夏尼亞沒有錯，錯的是她因為戀愛而讓思考模式變狹隘的心。

「我明白了，我和你締結契約。」俞思晴正色道：「我會成為你的主人。」

夏尼亞這才鬆開手，轉而捧起她的手背，低頭親吻。

她彷彿看見夏尼亞露出狡詐的微笑。

「果然對付妳這種女人，就要用強硬的手段。」

俞思晴張大嘴，終於理解到自己被夏尼亞哄騙了。

眼睜睜看著手背發亮的印記，剛締結完契約沒幾秒鐘，俞思晴就起了退貨念頭。

「你、你……」

「開玩笑的。」夏尼亞很快就把她的手扔開，沒有一絲留戀，「我們的目的相同，而妳卻為了那種小事不願意和我成為搭檔，我才會稍微使壞。」

「唔唔唔——」俞思晴像隻炸毛的貓，發出奇怪的聲音。

巴雷特不知道夏尼亞用了什麼辦法說服俞思晴答應，雖然和夏尼亞再度成為伙伴，並非他本人的意願，總歸來說，他只是為了大局著想。

「別再戲弄她了，小晴很容易當真。」巴雷特一手攬住俞思晴的肩膀，把人塞進懷中，用銳利的眼神阻止夏尼亞的調戲行為。

夏尼亞點了根菸，叼在口中，無奈地聳肩，「我不會對你的寶貝出手，別露出那種想要殺人的表情。」

「殺人？不。」巴雷特黑著臉笑道：「我不會那麼容易讓你死，而是先折磨你的精神，再慢慢欣賞你生命流逝的情景。」

巴雷特的恐怖發言，讓被他摟在懷裡的俞思晴都嚇了一大跳。

「巴雷特！你你你、你在說什麼？」

「開玩笑的。」巴雷特笑著安撫她，「小晴就算多了個武器AI，也不會冷落我的吧？」

「當、當然！因為巴雷特是我、我的……」想要讓巴雷特安心，卻因害羞而說不出口的俞思晴，臉紅得跟熟透的蘋果一樣。

「你們啊。」完全被遺忘的繆思，就算人再好也有點不爽，「我現在可是要跟你們談很重要的事，拜託別忘記我的存在好嗎？」

這時三人才回過神，面露歉意，各自轉移視線，默不作聲地反省自我。

「不過──」見三人有反省意思，繆思也只能嘆口氣，原諒他們的無禮，「很高興看到你們三人順利成為伙伴。」

「白色雙狼再次復出」什麼的，俞思晴實在說不出口。

可是繆思心安的模樣，讓她覺得自己並沒有做出錯誤的決定。

「繆思，這裡是哪？」她從兩人中間走出來，往繆思身旁靠近。

「待會妳就知道了。」繆思拿出之前交給巴雷特的鑰匙，打開門鎖。

推開門，屋內光鮮亮麗，乾淨整齊，和外面雜草叢生、被樹藤纏繞的模樣完全不同，最大的差異是——屋頂還在。

俞思晴不停眨眼，不斷來回看屋外屋內的差別。

在她還在研究這是什麼神奇的法術時，巴雷特和夏尼亞已經跟著繆思進入屋內。

「小晴，快點過來。」站在門內的巴雷特朝她伸出手，「別擔心，不會有事的。」

「嗯……」俞思晴怯生生地將手交給他，接著就被用力拉了進去。

前腳剛踏在木板上，門立刻關起。

屋內採自然光，根本用不到燈與蠟燭。

牆壁有魔法文字，正在閃閃發光，看來應該就是屋子會這麼特別的原因。

「好可愛的小屋。」

「謝謝讚美，這裡是我以前的家。」繆思拉開椅子坐下來，輕甩手指，茶壺與杯子便自動飛起，各自放在三人面前，順帶倒上暖呼呼的熱茶。

「以前……是指神殿蓋起來之前？」俞思晴喝了口茶，立刻就被甜甜的花果香味擄獲，不禁兩眼發光，「唔！好好喝！」

「很高興妳喜歡。」她驚喜的表情，讓繆思心情也變好了。

「這是繆思自製的花果茶。」已經喝習慣的巴雷特，並沒有太多感想，但能看見俞思晴臉上的笑容，比什麼都值得。

夏尼亞懷念地多喝了幾口，「我也好久沒喝了。」

「好厲害，連茶都能做得這麼完美。」萬能的繆思，實在讓人找不出缺點。俞思晴時常在想，到底有什麼是繆思不會的。

被三人捧高高的繆思，卻收起笑容。

「這個地方存放著非常重要的東西，也是娜米坦想要得到的。」

「所以你才會暗中把鑰匙交給巴雷特保管？」

「嗯，不在我身上的話，才能保住我的命。」

「這樣他們就會因為不確定鑰匙的下落，不敢對你出手。」不知道是不是喝了花果茶的關係，她的腦袋變得能夠快速思考，一下子就明白繆思的理由。

繆思點點頭，「得不到它的娜米坦，只好用其他手段，也就是把《幻武神話》毀掉，切斷兩個世界的連結。」

「她應該知道，毀掉遊戲並不代表已經把我們殺死。」

「所以她那邊也會做好迎擊準備，我們不能大意。」

「你是打算把娜米坦想要的東西當成籌碼，以備不時之需？」

「不，我是想把它交給妳來使用。」

「使用……難道是裝備？」

「有點接近，但不完全是。」繆思起身，走向沒有門的隔壁房間。

俞思晴朝夏尼亞和巴雷特看過去，兩人並未起身，看樣子是打算讓她和繆思獨處。

無可奈何，她只好跟過去。

「繆思？」來到隔壁房間後，她發現這裡的牆壁全部爬滿綠色樹藤和各色小花，簡直就像是由樹藤纏繞而成。

這裡只有一張床，周圍擺放許多花朵，床上則是鋪滿花瓣。

繆思站在床邊，朝她招手。

「過來這邊。」

俞思晴靠過去，發現躺在床上的竟然是把鑲有水晶薔薇寶石的細劍。

還以為會看到人的俞思晴，頓時驚訝不已。

「武器……ＡＩ？」

她直覺說出腦袋裡猜想的答案，但繆思卻搖搖頭。

「不，它就是把武器。」繆思將它拿起來，遞給俞思晴，「這是我鍛造的武器，同時也是陪伴初代神經歷各場戰鬥的伙伴。」

俞思晴愣了下，「你說初代神……難道初代神所使用的，不是武器ＡＩ嗎？」

「初代神戰鬥是為了保護武器ＡＩ，他不可能把要保護的對象帶上戰場，所以才會有鍛造師這個職業出現。我們鍛造師製作武器的理由，就是為了不讓武器ＡＩ戰鬥。」

「那《幻武神話》裡的副手武器設定……」

「是我跟據傳說而添加的設定。」

夏尼亞不知道什麼時候，和巴雷特一起站在房門外。

兩人的目光，同時落在那把細劍上。

「那就是傳說中的『艾突』嗎？」

「沒想到你居然知道這把細劍的名字。」巴雷特驚訝地看著夏尼亞。

夏尼亞冷哼，「組織裡的人都認為『艾突』是武器ＡＩ的名字，不過，到處都沒有關於這個武器ＡＩ的資料，所以我一直很懷疑。」

「因為我把它的相關資料全部銷毀了，這也是初代神的意思。」繆思牽起俞思晴的手，主動將細劍交給她，「現在開始，它就是妳的武器。」

俞思晴握著它，不知道該如何是好。

「把這麼重要的東西給我，沒關係嗎？」

「初代神拜託我保管，直到適合它的人出現為止。」繆思摸摸她的頭，溫柔笑道：「把它交給妳，就是我的決定。」

「可、可是我……」

俞思晴很感謝繆思如此重視她，但她不知道該如何使用這把武器。

副手武器是沒辦法使用技能的吧？就算帶它去戰鬥，也沒辦法派上用場。

「妳是不是在想，這把武器只是單純的細劍，沒有任何技能，根本比不上武器ＡＩ？」

「呃！」繆思一針見血的提問，讓俞思晴滿臉通紅、不知所措。

「這麼想很正常，不過，那是在我告訴妳使用方法之前。」繆思將食指貼在嘴唇上，勾起嘴角，「我可是神之鍛造師，經我雙手製作出來的武器，可不是普通的裝飾品。」

繆思傲慢又自信的模樣，讓俞思晴心底浮現不祥的預感。

「妳知道初代神曾和多少武器ＡＩ締結契約嗎？」

「七、七八個？」俞思晴隨口瞎猜。

「不，是百人。」

「百百百……百人！這這、這怎麼……咦？」

出乎意料之外的數字，讓俞思晴頓時陷入混亂。

「天生擁有能夠容納各種技能還有法術的他，是個例外。」繆思說道：「幻武使與武器ＡＩ締結契約，並不是為了使用他們，而是為了取得他們持有的技能。」

「可是要有相對應的武器，才有辦法使用技能不是嗎？」

「妳說得沒錯，所以才會有鍛造師這個職業。我們的工作，就是要製作出能讓幻武使百分百使用技能力量的武器。」

「也就是……容器？」俞思晴低頭看著手裡握住的細劍。

如果是這樣的話，就能貫徹初代神的理念，在不使用武器ＡＩ的情況下戰鬥。

「這個形容滿貼切的，不過，通常幻武使和兩、三個武器ＡＩ締結契約就是極限，締結的契約越多，幻武使的精神消耗也越大，很快就會支撐不住。」

「可是你說初代神能跟百人締結契約……難道這樣做，他不會瘋掉嗎？」

「我說過他是特別的。」

「……就因為這分特別，他才能擁有保護大家的力量？」

「嗯，他拯救了奧格拉斯，是獨一無二的存在。他留下的血脈也擁有相似的力量，他的後代幾乎都能夠跟『至少』四名武器ＡＩ締結契約。」

「所以娜米坦才能如此靈活地使用四種武器。」

「娜米坦的武器ＡＩ，不只那四人。」繆思突然變得嚴肅起來，「她仗著自己是繼承神之血脈的人，不停吸收武器ＡＩ。」

「精神已經受到影響了嗎？怪不得……我遇到她的時候，總覺得她的眼神不太對勁。」俞思晴握緊細劍，「你想讓我阻止她？」

「是的，為此，妳必須了解如何使用這把武器。」

俞思晴拿起來揮了兩下，細劍很輕，刀刃也很銳利，使用起來就像自己的手臂般，沒有不舒適的感覺。

這讓她不禁欽佩起繆思鍛造師的實力，他早期製作的武器，沒想到會這麼順手。

「雖然你說鍛造師製作的武器能夠使用『技能』，但還是有種族的差異吧？用劍的話，我得去跟刃族的武器ＡＩ締結契約才行。」

「不需要。」繆思抓起她的左手，往刀刃上劃去。

「痛！」被銳利的刀刃劃傷，俞思晴忍不住眨眼，但繆思卻直接壓住她的傷口，將鮮血擠出。

「繆、繆思！好痛！你在做什麼？」

她抓住繆思的手腕，想要阻止他，但繆思卻無動於衷，將她的鮮血滴在細劍的寶石上。

被鮮血灌溉的寶石閃閃發光，吹出白色的霧氣，橫掃四周。

俞思晴嚇了一跳，瞪大雙眸盯著手中發出白光的武器。

細劍變成細長的狙擊槍，就算是女孩子也能單手拿起，非常輕盈。

而她被劃傷的地方已經癒合，只剩下一個不起眼的小傷口。

薔薇寶石依舊鑲在武器上，閃爍著靈光，彷彿活著一般，擁有自我意識。

若繆思沒說，俞思晴恐怕真以為這是把武器ＡＩ。

「狙擊槍？為什麼……」

「我鍛造出的武器，是這個。」繆思指著薔薇寶石，露出笑容，「別被眼睛所看到的事物蒙蔽。」

俞思晴驚訝不已，但還沒回過神，狙擊槍就迅速化成旋風，收回薔薇寶石內部。

薔薇寶石也變成手環，戴在她的慣用手腕上。

「它不只能收放自如，還知道我的慣用手？」

「一滴血就能讓武器得到足夠的資訊。」

「這也太高科技。」

「奧格拉斯本來就是科技與魔法的世界，不然怎麼可能在短時間內，研發出《幻武神話》這款網遊。」

俞思晴恍然大悟。

「我給予妳的，是這個世界最強大的武器，像初代神那樣，請妳再次使用它拯救奧格拉斯。」

「我會的。」俞思晴十分篤定地交付自己的承諾。

夏尼亞與巴雷特走上前，站在她的左右兩側。

三人的眼裡，有著同樣堅定的信念，看著他們，繆思彷彿看見逝去已久的摯友身影。

「嗶嗶！嗶嗶！」

不知道是不是巧合，俞思晴的通訊系統突然響起。

拿出耀光精靈交給她的耳機，才剛點開，就聽見她充滿喜悅的聲音。

『小泡泡，快過來練習場，給妳看個有趣的東西。』

俞思晴眨眨眼，半信半疑地問：『會長，我現在很忙，如果只是要我去看木瓜被狂戰王追著打的畫面……我這兩天已經看過五、六次了。』

老喜歡找狂戰王練習戰鬥的木瓜，被狂戰王打倒後，往往不死心地繼續挑戰，這讓俞思晴挺欣賞的。

不過大多數人還是喜歡看木瓜被欺負的畫面，因為他的反應真的很有趣。

『才不是那件事呢。』耀光精靈立即反駁，『那個我也看膩了，我想給妳看的，可是更有趣的東西。』

她才花了三秒鐘左右的時間賣關子，接著就忍不住脫口而出：『準備好妳的行李，我們要回家了。』

聽到她這麼說，俞思晴下意識抓住手腕上的薔薇寶石。

『時間比預期的還要快。』

『因為我們的優勢就是出其不意。』

『……我馬上過去。』

結束通訊的俞思晴，立刻對上繆思的笑容。

即使沒聽見兩人的對話內容，繆思也能從她的表情找出回答。

「妳能戰鬥嗎?」

「可以。」俞思晴不假思索，這次她絕對不會敗下陣來。

她要贏，絕對要打倒娜米坦!

「我無法成為新的奧格拉斯神，所以，我會向初代神祈禱。」她舉起手腕，放在繆思眼前，「只要有你們的『神』庇護，我就能成為你們的戰士。」

狂妄的發言，反而讓巴雷特和繆思鬆口氣。

他們原本擔心，多餘的壓力會讓俞思晴喘不過氣來。

看來俞思晴比他們想得還要堅強許多。

夏尼亞則是口是心非地碎念，「真不知道妳是笨還是傻，平常這種事，是不會一個人攬下來的吧?」

「夏尼亞說得沒錯，小晴，我們也會和妳同進退。」巴雷特牽起她的手，放在唇邊親吻，「跟初代神不同，妳的身邊，還有身為武器AI的我們一起戰鬥。」

巴雷特的溫度從嘴唇傳遞過來，讓她心裡暖暖的，而夏尼亞的毒舌，聽起來也讓人放心不少。

這些溫暖，給了她力量。

而她，想要保護這分珍貴的相遇，並相信自己的朋友們。

第九章　遊戲結束（上）

Sniper of Aogelasi

《幻武神話》完全被遺忘，是在大神下凡收到巴雷特聯絡的兩天後。

如何確定這件事很簡單——只要觀察俞思晴的父母就可以明白。

他們似乎早就忘記有一個女兒，甚至連她的消失都沒有任何感覺，一如往常地過著日子。

明明剛開始的時候，還能看到他們每天到處尋找女兒的焦急身影，現在看來，這些事彷彿從未發生過一般。

俞思晴消失後，大神下凡因為擔心，所以偷偷觀察著俞家夫妻，對他們的狀況瞭若指掌，從他的角度來看，真的很不可思議。

巴雷特和他取得聯絡的時候，似乎早猜到他會去找俞思晴的父母，便提議用這個狀況來當作開戰信號。

「一旦小晴的父母完全忘記她，就立刻通知我們。」

「為什麼？」

「在即將被遺忘的邊緣，組織才會大意。」

「原來如此……利用他們鬆懈的那一刻進行反擊嗎？真像我家線人的風格。」

「看來你還挺了解他的，提出這個辦法的人確實是他。」

「然後呢？你們要怎麼做？」

「由內部進攻。你們負責外面，不要讓任何人進來，讓奧多打開結界就好。」

「我知道了。」

大神下凡收起回想，長嘆一口氣，雙手插入口袋，站在某棟辦公大樓前。

他的身旁跟隨著無緣人與銀，三人的表情同樣嚴肅，甚至有點緊張。

「小鈴他們真的會從這邊出現嗎？」無緣人戰戰兢兢地問。

「會，因為幻武使的『身軀』在這裡。」趴在他頭上的奧多回答，忍不住用尾巴拍了一下他的後頸，「別這麼緊張兮兮的，真正的戰鬥還沒開始咧。」

「可可可、可是……他們很可怕啊！」

經歷上次的戰鬥，無緣人很清楚組織的可怕，即便現在的他已經和奧多締結契約，仍然心有餘悸。

「大神，你真的確定組織還沒對他們的身體動手腳嗎？」相較之下，銀比較擔心耀光精靈等人，畢竟他們的身體在敵人的掌控中，而他們又沒辦法得知裡面的情況，顯得更加不安。

大神下凡聳肩，「我也不確定，但至少這隻毛蝙蝠說沒事。」

「喂，我有名字好嗎？」薩維弩不爽地抱怨，「我可是冒著生命危險潛入調查，就不能稍微尊敬我一點？每次潛入調查的時候，我都緊張到有種縮短好幾年壽命的錯覺。」

「確定沒事我就可以安心了。」銀鬆口氣，但仍目不轉睛地盯著大樓，「希望計畫能夠順利進行。」

「這你大可放心，奧格拉斯還有很多我們不知道的事，光是武器AI的存在就足以推翻我們的常識。既然他們說做得到，就不用擔心。」

「嗯……說得也是。」

大神下凡順手瞄了眼手表，「時間差不多了，奧多、小無，你們去準備一下。」

「好、好，交給我們。」無緣人雖然害怕，但有奧多在，多少還是有點自信，更何況他的工作只是張開結界而已，不需要戰鬥。

他從口袋將耳環型態的獅子叫出來後，騎著牠飛離。

被三人無視的薩維弩氣到暴筋。

「我說，你們是故意無視我的吧？」

「因為這樣很有趣。」大神下凡直接回答。

銀也跟著點頭，「嗯，現在大家都很緊張，需要一點療癒。」

薩維弩不想跟這兩人解釋，反正牠的存在已經和吉祥物畫上等號。

「唉，你們果然是那女孩的朋友。」薩維弩拍翅往天空飛去。

這句話對兩人來說，是最棒的讚美。

大樓內部，有一間專門安置沉睡玩家的房間。

他們靠著儀器維持生命跡象，肉體像是接受冷凍治療，躺在冷冰冰、充滿白霧的儀器內。

除了負責監控的幾名研究人員之外，還有幾組武器ＡＩ搭檔，分別守在由強化玻璃隔開的左右兩側出入口。

安靜到只剩機器運轉聲的房間，突然發出一聲脆響。

某臺儀器的玻璃螢幕龜裂，在中央出現向內捲的旋風，將房間內所有東西全部吸入其中。

突如其來的狀況讓研究人員措手不及，匆忙打開系統，想要按下緊急按鈕。

然而，從旋風內閃現出的藍色身影，衝破玻璃來到那名研究人員眼前，左手攔住他，戴著薔薇寶石手環的右手則是發出刺眼光芒，讓在場所有人眼前一片白光。

「嗚！」

「這、這是怎麼回事———」

話還沒說完，耳邊便傳來電流聲，以及物體被重擊摧毀的聲響。

飄起的白衣捲著藍色雷光，手中的白色細劍硬生生插在控制面板上，將它當成奶油般輕鬆切開。

她慢慢起身，以冷冽的目光掃視在場所有人。

恢復視覺的研究人員們，一看見這張臉，下意識狂打冷顫，沒人敢吭聲。

負責守門的兩組武器ＡＩ見狀況不對，反應迅速地衝向俞思晴，卻被隱藏在陰暗處的另外兩組人馬攔下。

多厄多持手槍，朝握著雙刃棍的武器ＡＩ連射，將他逼到角落，對方連反擊的機會都沒有，他便迅速切換成羅納，在拉近距離後以短管散彈槍直接朝對方的腦袋開槍。

雖然不致命，卻能讓對方陷入昏眩。

巴雷特和夏尼亞所組成的白色雙狼也在同一時間拿下另外一組武器ＡＩ。

巴雷特一腳踩在對方屁股上，把兩人五花大綁，夏尼亞則是覺得這個場面很少見，不停地拍照。

眼看戰鬥人員輕而易舉被這兩組武器ＡＩ搭檔解決，研究人員的臉全都刷綠了。

旋風慢慢停止，在漸漸消失的光芒中，走出令他們畏懼的身影。

「繆思大人……」

「得、得快點通知上頭……」

理智驅使他們盡快逃脫，但身體卻被嚇到動彈不得，連一步都走不了。

俞思晴用力扯下掛在脖子上的項鍊，變回原本的樣貌，但威嚴卻絲毫不減。

她從儀表板上跳下來，站在研究員之中。

「在哪裡？」她面無表情地抓起其中一名研究員的衣領，「娜米坦人在哪？」

「噫！」對方臉色鐵青，下意識高舉雙手投降。

看他嚇得瑟瑟顫抖，俞思晴實在沒辦法狠下心來，而且她不認為這個人會知道娜米坦的正確位置。

「妳可以先走一步。」繆思彈指，背後的光體便消失不見。

那些關著幻武使們的儀器，被一個個掀起，各自的武器AI也都陪伴在身邊。

「其他人剛回到肉體，需要一點時間才能自由行動，這段時間我會在這裡看著他們，而且……」繆思抬起頭，對上俞思晴的雙眸，「我想，娜米坦應該已經知道妳出現了，就算妳不去找她，她也會來見妳，因為妳是她的目標。」

俞思晴鬆開手，讓被她脅持的研究人員跌坐在地。

「若是這樣就變得比較麻煩。」不想將其他人捲進來的俞思晴，垂下眼簾，「我接受你的提議，先離開了。」

「嗯，不用擔心其他人。」

「我知道。」俞思晴勾起嘴角，「畢竟會長他們可都是排名在我之前的玩家。」

她朝插在儀表板上的細劍伸手，細劍馬上飛入她的掌心。

輕鬆切開前方的自動鐵門，俞思晴頭也不回地向外飛奔，巴雷特和夏尼亞二話不說緊跟在後。

結束那邊的捆綁行程後，羅納與多厄多回到目送她離去的繆思身旁。

「他們不帶後援就離開，沒問題嗎？」多厄多有些擔心。

羅納倒是一點也不擔心，對俞思晴信心滿滿，「不要緊啦！有白色雙狼陪著，再說我們的工作就是協助她，所以她只要專心對付一個人就好。」

繆思收起笑容，深邃的眼眸，透露出殺意。

「羅納說得沒錯，這就是我們組織軍隊的理由。」

周遭的人們一個個聚集過來，與陪伴他們的武器AI們，以堅定的眼神，跟隨在繆思左右。

「好像睡了很長一覺，身體硬邦邦的。」耀光精靈伸了個懶腰，笑盈盈地轉身對自己的武器AI說道：「吶吶！阿普斯，怎麼樣？」

「什麼怎麼樣？」阿普斯依舊一副沒睡飽的表情，皺起眉頭。

「你第一次見到我的樣子吧？是不是比遊戲裡的我還要漂亮？」

耀光精靈邊說邊擺出性感的姿勢，但卻只得到反效果。

阿普斯臉色鐵青，只覺得自己選擇的搭檔，腦袋倒是比在《幻武神話》裡的時候還要愚鈍。

「現在可不是聊天的時候，拜託妳看看場合。」狂戰王走過來，表情雖然與之前沒什麼不同，身高倒是差很多。

他的武器ＡＩ有點不習慣自己得低頭和他交談。

狂戰王的背後伸過來一隻手，親膩地搭上他的肩，「現在還真有種線下聚會的既視感……如果情況不是這麼危險的話。」

「這點我同意，不過，要聊天的話，還是先把敵人全部幹掉再說。」

另外一名女孩走過來，興致高昂地和他們搭話。

耀光精靈雙手扠腰，挺胸下令：「幻武使們注意！開始我們的反擊行動吧！」

她的聲音大到整棟大樓都能聽見，但所有人的臉上，沒有露出困擾的表情，反而全都做好戰鬥準備。

從旁觀察他們的繆思，靜靜微笑。

「就拜託你們了，奧格拉斯的神明們。」

在闖出房間的時候，俞思晴感覺到大樓外圍有人在使用魔法。

以前的她的知覺並沒有這麼敏感，但在和夏尼亞締結契約後，她變得能察覺到這些異狀。

光是擁有兩個武器ＡＩ就有這種變化，怪不得娜米坦強得不可思議。

不過，在出發前繆思給了她一個相當有利的情報。

「思晴，妳不需要真的打贏娜米坦，只要拖延時間就好。」

「我好不容易拿到初代神的武器，你卻跟我說這種話？」

「抱歉，但……我實在不想看同伴自相殘殺。我只是想阻止她而已。」

回想起繆思的懇求，俞思晴實在無法拒絕。

或許他這麼做，是有所顧慮吧。

想到這，俞思晴只能選擇答應。

她在大樓裡亂竄的時候，遇到不少想要阻攔她的武器ＡＩ，顯然他們出現的事情已經傳開了。

可是他們所有人，全都在見到她手持的細劍後臉色蒼白地退開，沒人敢對她出手，前進的路程輕鬆得可怕。

「看來武器ＡＩ們真的很崇拜這把武器。」俞思晴不禁感嘆。

「對武器ＡＩ來說，初代神的武器是絕對的存在，不管持有它的人是誰，都沒有人敢碰觸神聖的它。」巴雷特一臉冷靜地解釋給俞思晴聽。

「可是……它被繆思藏起來這麼久的時間，應該沒人知道它長什麼樣子吧？」

「不用見過就能知道，這就是它的強大。」

俞思晴笑道：「看來會比想像中還要順利。」

「別大意，就算武器ＡＩ會對它表示崇敬，娜米坦可不同。」夏尼亞不忘提醒她，就怕俞思晴放下戒心。

「這我很清楚。」

看見俞思晴半閉的眼眸裡閃過的厲光，夏尼亞馬上發覺是自己太過操心。

於是他安靜地跟隨，沒再多說半句話。

坦白說，她雖然能夠察覺到外面的魔法反應，卻沒辦法用同樣的方法找出娜米坦的位置。

不只如此，就連氣息也沒有，光是這點就令她汗顏。

其他武器ＡＩ都多少會帶著殺意，可最重要的目標卻什麼都感覺不到，這才是最讓人不安的地方。

簡直就像娜米坦不在這棟大樓裡似的。

不過，這個想法只從她的腦袋瓜裡閃過短短一秒鐘的時間。

娜米坦，絕對不可能不在這——若她真想要她的命的話，絕對會知道，他們說什麼也會想辦法回到這個世界。

正當她思考的時候，前方突然出現人牆。

由三名男女率領著眾多武器ＡＩ，阻擋在他們面前。

俞思晴停下腳步，正懷疑對方為何沒有撤退的時候，就聽見夏尼亞用熟稔的口吻跟對方打招呼。

「還真是冤家路窄，沒想到這麼快就遇上你們。」

「要是再讓你們繼續猖狂下去，組織的面子要往哪擺？」站在中間的少女回答，笑容全失，「夏尼亞……你曾經是組織高層的一員，為什麼要與娜米坦大人作對？」

「因為對我來說，她不是神。」

「你！」少女氣得漲紅了臉，兩側的男子也迅速拿出武器，「你這大言不慚的叛徒……我馬上就打得讓你說不出話！」

少女將手伸向後方，從人牆裡走出比她高一顆頭的美人，恭敬地親吻她的手背，迅速化為弓箭。

她拉開弓，五指張開，在另外兩名男子起步進攻的同時，迅速射出四枝箭矢。

俞思晴二話不說迅速上前，俐落砍斷箭矢，接著將細劍收回手環中，取而代之的，是化為武器、從兩側旋轉落入她手裡的長棍與狙擊槍。

她站定馬步，同時舉起兩把武器，擋下兩名男子的全力攻擊。

不合常理的力量讓兩人頓時傻眼，更讓少女目不轉睛。

「什……什麼？單手就……嘖！」

俞思晴的強大，讓她心有不甘，朝無法防禦的俞思晴射出一箭。

眼看箭刃直逼眼前，俞思晴勾起嘴角，低聲說道：「流星雨。」

語畢，箭身便在碰觸到她的前一秒被打成蜂窩，不但如此，如大雨般落下的子彈，直接打在少女身後的人牆上。

武器AI們忙著防禦，然而這槍林彈雨卻沒有要停歇的意思。

少女咬牙，舉起弓箭，朝天空射出。

「流星雨！」

明明是同一招，她的箭矢卻脆弱得不堪一擊，馬上就被打碎。

「這、這怎麼可能！究竟是……」

還沒理解兩人之間的力量差距為何如此大，壓制俞思晴的兩名男性武器ＡＩ已經被她推開，跌坐在地。

俞思晴將長棍和槍口分別對準兩人，給臉色鐵青的他們送上一招。

「零距離狙擊。」

「重力錘擊。」

先扣下扳機，隨即轉手用長棍重壓在另外一人的腹部。

強烈的閃光加上重錘震動地面，馬上就讓鋪著美麗瓷磚的地板碎裂。

地板開出大洞，武器ＡＩ們失去著力點，全都往下墜落。

俞思晴在地板完全消失前向後跳開，靠著槍族的敏捷，擊破上層的地板，直接來到樓上。

沒想到在這裡等待她的，是一個巨大鐵拳。

俞思晴愣了下，還沒來得及反應，眼看就要被擊中，幸好巴雷特即時變回人形，從她手裡奪走長棍，橫放在前方才順利擋住攻擊。

「小晴！沒事吧？」

「沒、沒事……抱歉。」

俞思晴迅速拉回思緒，皺眉看著用鐵拳套攻擊他們的女子。

對方的服裝打扮看起來像個ＯＬ，才剛這麼想，她的手臂和腹部肌肉就迅速膨脹，撐破衣服，活生生變成了女浩克。

巴雷特咬緊牙根，眼看就快撐不下去。

俞思晴連忙向前跨步，單膝跪地，將薔薇寶石轉化而成的狙擊槍對準敵人。

「寒霜彗星！」

強大的砲擊從槍口射出，巴雷特在攻擊前一秒閃開，女子就和鐵拳手套一起被白光吞噬。

光芒消失後，留下凍成冰塊的敵人。

閃爍的冰塊表面如同鑽石，閃閃發光，裡面的人卻不停轉動眼珠，似乎正在抱怨。

俞思晴鬆口氣，朝巴雷特看過去，「你們沒事吧？」

「我沒事。」

「我差點被打斷。」夏尼亞變回人形後，扶著腰，表情糾結，「別拿我當盾牌啊！那傢伙的拳頭很硬，就算是我也會像牙籤一樣被折斷好嗎？」

「但你沒斷，而且硬度也不輸他。」

「就算是讚美，但聽你說出來還是挺讓人火大的。」

夏尼亞和巴雷特冷冰冰的對話，真不知道該說他們感情好還是不好。

「我們繼續前進吧，看來還是有部分武器ＡＩ會出手攻擊，要小心點。」俞思晴將狙擊槍收起，前往上層的樓梯。

巴雷特和夏尼亞互看一眼，乖乖安靜下來。

「剛才攻擊妳的都是組織高層的武器ＡＩ，那些傢伙比起初代神，更重視現任神。」

「難怪他們全都無視初代神的武器，瘋狂攻擊我。」

聽見夏尼亞的解釋，俞思晴多少能夠理解。

原以為能夠輕鬆找人，看來凡事都不可能稱心如意。

「繼續這樣漫無目的地找人，只是在浪費時間。」夏尼亞見俞思晴彷彿沒有思考，像無頭蒼蠅一樣亂竄，困惑地勾起眉毛，「妳難道有什麼其他辦法？」

「沒有。」俞思晴老實回答，「但我知道自己的方向沒錯，因為敵人的階級越來越高。」

她停下腳步，笑盈盈地看著站在面前的敵人。

夏尼亞看見對方，愣了下，「佩佩羅……」

「夏尼亞，沒想到你竟然會和巴雷特同流合汙，我真是看錯你了。」

「我只是對神的所作所為保持懷疑而已。」

「你曾經在離她最近的地方侍奉她，為什麼要這麼做！」

夏尼亞扠腰嘆息，「你是指白色雙狼？很抱歉，那對我來說已經是很久以前的事了，而且在這傢伙被降級後，我也因為連帶責任跟著落到現在的地位。所以，你口中的白色雙狼，早就不存在了。」

「即便如此，也不許你汙衊神！」

「那人真的是神嗎？睜大眼睛看清楚吧，佩佩羅。」

「難道你想說，你所跟隨的才是真正的奧格拉斯神？」

「呵，當然不是。」夏尼亞難得笑出聲，但他的笑容卻十分可怕，「我只不過是對這種事感到疲倦而已，再說——這傢伙現在是我的主人，我可不會讓你這個虐待狂接近她。」

巴雷特變成狙擊槍，落在夏尼亞的手裡。

夏尼亞迅速衝上前，眨眼間已經來到佩佩羅的腹部。

對方反應不及，被槍口貼著，一腳狠踏在地。

一旁的同伴全看傻了眼，沒想到身為組織高層的佩佩羅，竟然輕而易舉就被人踩在腳下。

佩佩羅深知自己的實力不可能贏過兩人，不禁直冒冷汗。

「在我開槍打爆你的頭之前，告訴我她在哪。」

「哼……你以為我會說嗎？」

「不會。」俞思晴冷靜地走上前，拿著東西往佩佩羅的手臂插下去。

「痛！」佩佩羅悶哼一聲，有種被針刺到的感覺，轉頭看見插在手臂上的東西後，頓時瞪大雙眸，「妳！妳居然——」

俞思晴勾起嘴角，像是做壞事得逞的野孩子。

「你知道這是什麼吧？」

擅長使用道具的佩佩羅，自然不可能不知道。

這東西能讓人吐出實話，雖然效用只有三分鐘，還是商店買不到的稀有物品。

沒想到俞思晴竟然會有這種東西！

俞思晴笑嘻嘻地盯著他看。

她不想浪費時間，夏尼亞說得對，這樣下去永遠都找不到娜米坦。

如果不將娜米坦剷除，這場武器ＡＩ之間的戰爭就不會結束。

「你們居然敢對佩佩羅大人——」

「該死！不許你們亂來！」

佩佩羅的同伴們總算回過神，一見到佩佩羅被控制住，急忙過去救援。

突然，好幾個人影踹破玻璃窗，跳進這條鋪著紅毯的長廊。

沒等他們反應過來，手持武器AI的幻武使們已經迅速將他們壓制。

「妳的動作也太快，稍微等我們又不會怎樣。」狂戰王把大劍扛在肩上，凶神惡煞地瞪著俞思晴。

「但你還是追過來了不是嗎？」俞思晴笑著回答，一點也不覺得自己有錯。

「沿路搞破壞，弄出這麼大的聲響，想找到妳不難。」狂戰王垂眼，「……妳絕對是故意的。」

俞思晴是主攻，狂戰王則是負責掩護她的後勤部隊，正因為知道這點，俞思晴才能如此安心地到處亂闖。

「其他公會會長的情況如何？」

「身體已經沒什麼大礙，都按照原定計畫行動。」

「那就好。」俞思晴沒忘記佩佩羅的存在，把頭轉回來，朝臉色蒼白的佩佩羅問道：「娜米坦人在哪？」

「妳……」

「被羅貝索恩砍傷的地方還沒完全恢復，所以你只是裝腔作勢而已，別以為我不知道。」

她記得很清楚，初次和佩佩羅戰鬥的時候，這男人有多麼難應付，然而現在的他不但沒有那種霸氣，甚至連夏尼亞的速度都追不上。

所以她才如此大膽猜測。

「嘖。」佩佩羅不快咋舌，無法阻止自己回答俞思晴的問題，「……頂、頂樓的房間。」

他的嘴角流出鮮血，似乎是在克制自己的言語，但還是捱不過，把娜米坦的下落說了出口。

「頂樓嗎?還有什麼其他需要注意的?」

「該死……荊棘……嗚!荊棘狀態的副手武器……」

「是之前她用血來餵食的那個東西吧。」俞思晴低頭思考後，起身輕拍夏尼亞的背，「好，就這樣。我們繼續往頂樓走。」

夏尼亞將狙擊槍挪開，交回俞思晴的手中，隨她繼續往樓上飛奔。

被丟下的佩佩羅則是留給狂戰王負責看守。

目送俞思晴離開的狂戰王，一方面覺得擔憂，一方面又不認為她會輸。

「祝妳好運。」狂戰王喃喃自語，默默送上自己的祝福。

已經離開的俞思晴，彷彿聽見狂戰王的聲音，回頭看了他一眼。

突然，手環縮緊，痛得她迅速收回心神。

「唔！」她捂著手腕，滿頭問號，「怎麼突然……」

「沒事吧？」夏尼亞注意到她的臉色，眉頭深皺。

「沒、沒什麼。」才剛回答，薔薇寶石瞬間散發出刺眼紅光，逼得他們停下腳步。

「這是怎麼回事？」夏尼亞從沒見過這種情況，不禁目瞪口呆。

手環發出灼熱感，像要把她的手烤焦，俞思晴忍不住將手高舉，遠離自己的身軀。

巴雷特也擔心得想要變回人形，但在這一秒，他卻發現來自頭頂的殺氣。

「小晴！」

「哎？」

思緒完全被手環影響的俞思晴，根本沒注意到，要不是夏尼亞衝過來將她抱走，恐怕她已經被墜落的天花板砸成肉餅。

夏尼亞小心翼翼地將她放下來，兩人也發現，直到剛剛都還在暴走的手環，突然變得毫無動靜。

不知道為什麼，俞思晴有種不祥的預感。

他們沒多少時間喘息，從崩塌的天花板中，迅速奔出四道人影。

夏尼亞見狀，單手橫掃而過，一面火牆擋住這幾個人的行動。

當他慢慢將俞思晴扶起來的時候，火牆被人從中間分開，裸露的白皙雙腿跨過火焰，來到兩人面前。

在她的後方，染血的荊棘如蟒蛇般順著她走過的地方，慢慢攀爬。

娜米坦帶著一如往常的甜美笑容，用溫柔的聲音，說出令人膽寒的話語。

「我等妳很久了，來吧——」她朝俞思晴伸出手，「告訴我，妳希望我從哪邊開始砍殺妳比較好？」

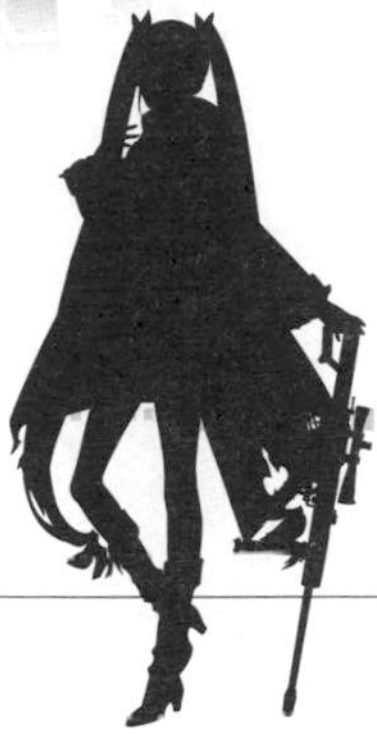

第十章　遊戲結束（下）

Sniper of Aogelasi

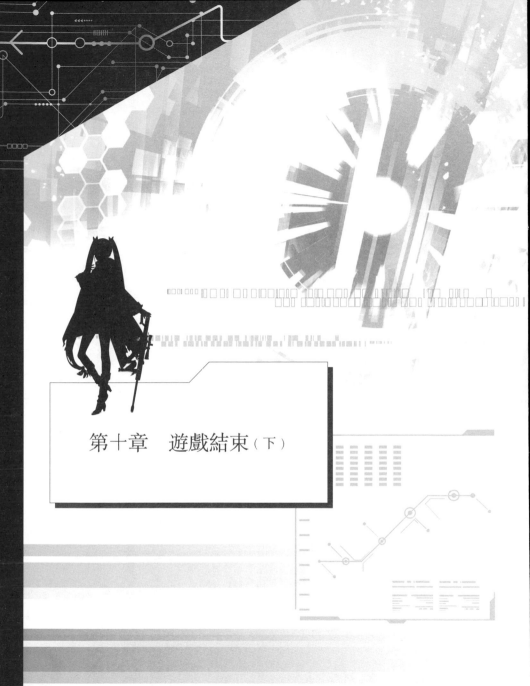

俞思晴狂冒冷汗，雖說這不是她第一次和娜米坦見面，也已經下定決心要打贏她，但她的心，仍因恐懼而顫抖。

手腕仍隱隱作痛，手環突然暴走的原因，恐怕就是因為感覺到娜米坦就在附近。

繆思說過，這個武器有點特殊，它能感受到使用者的心情起伏，甚至感知會危害到使用者的各種因素。

剛才的灼熱感，就是手環在提醒她有危機即將逼近吧。

「娜米坦……」

「嗯？我和妳說過我的名字嗎？」她天真地眨眼睛，食指輕貼唇瓣，歪頭思索，「算了，反正不重要。」

娜米坦一抬手，腳邊的荊棘迅速向前滑動，衝向俞思晴。

薔薇寶石發出光芒，化作白色狙擊槍。

俞思晴將槍口對準荊棘，低聲道：「零度世界。」

槍口吹出冰點之下的寒氣，瞬間就把周遭凍結。

她慢慢從口裡吐出白霧，與夏尼亞一同起身。

「冰系招數嗎？看來繆思教了妳一些小技能。」

冰雪繞過娜米坦站的地方，完全沒有碰到她的肌膚半寸。

周圍已經被白霜覆蓋，但跟隨娜米坦的四名武器ＡＩ卻完好無缺，不受影響。

唯一消失的，只有受到操控的荊棘。

「嘖。」俞思晴咋舌，「果然沒辦法用普通方式對付她。」

夏尼亞和巴雷特同時衝上前，而俞思晴只是站在原地。

武器ＡＩ見到他們行動，也跟著迎敵，娜米坦握住其中一名武器ＡＩ的手，壓低身體，眨眼速度穿過兩人之間。

手持的武器ＡＩ化成長劍，她旋轉腰際，一揮而下。

俞思晴打開掌心，握住細劍，接下她的攻擊。

刀刃摩擦出火光，但兩人眼睛也沒眨，直盯對方。

「不是法族的妳，即便藉由道具的力量使用魔法，也起不了什麼太大的作用。」

娜米坦剛說完，荊棘便穿破冰面，捲上俞思晴的雙手。

荊棘的尖刺在她的肌膚上留下傷痕，傷口隱隱作痛，但俞思晴卻沒有鬆手或退後的打算。

「這次我不會再敗在妳手上了。」她咬牙說道。

「是這樣嗎？但我看妳好像很痛苦的樣子。」

「呵……妳還沒看清楚我拿著的是什麼武器吧？」

直到俞思晴提起，娜米坦這才慢半拍地將目光放在細劍上。

當她一看見鑲著薔薇寶石的細劍時，突然臉色大變，面目猙獰，完全失去原有溫柔可愛的形象。

「妳——妳為什麼會有這把武器！」

娜米坦一聲怒吼，將俞思晴往後震飛。

多虧如此，俞思晴也順利從荊棘的束縛中逃脫。

但娜米坦已經殺紅了眼，俞思晴沒想到，嫉妒的火焰，竟會讓娜米坦如此憎恨自己。

「那是神才能使用的武器，為什麼會在妳手上！」

「只有神才能弒神！」俞思晴迅速踏步上前，以細劍刺向娜米坦的胸口。

但細劍尖端好像碰到什麼堅硬的物體，反彈出極大力道，差點沒讓俞思晴手裡的細劍被震飛。

俞思晴往後滑步，好不容易才站穩腳步。

持劍的手不停顫抖著，並不是因為害怕，而是被衝擊力道影響，感到麻痺。

定神一看，才發現剛才阻擋她攻擊的，是娜米坦手中的透明盾牌。

她轉眼看向巴雷特與夏尼亞的戰鬥，發現他們被一名手持鎖鍊彎刀的武器ＡＩ

絆住，根本沒辦法脫身。

不過，至少他們成功拖延兩名武器ＡＩ。

娜米坦單手持盾，另一手緊握長劍。

「這樣的話，我應該多少有辦法應付。」

她一個人對上戰鬥狂娜米坦和她的兩個武器ＡＩ，換作是之前，她肯定沒辦法應付，可是現在不同了，她有繆思給予的武器。

就算只是副手武器，但這可是與眾不同、獨一無二的存在。

薔薇寶石一亮，細劍迅速轉換成狙擊槍型態，娜米坦卻不打算給她舉槍瞄準的時間，瞬間揮劍砍了過來。

俞思晴根本沒打算瞄準，在她前進的同時扣下扳機。

「鼠彈！」

子彈保持著離地面不到三公分的距離，低空飛行，繞過障礙後，來到娜米坦的腳後跟。

娜米坦早就注意到子彈的軌跡，揮劍將子彈砍成兩半。

重新舉劍的瞬間，發現俞思晴的槍口已經對準她的左眼。

「零距離狙擊。」

「鏘」一聲，子彈再次被透明盾牌擋下。

俞思晴嚇了一跳，根本沒注意娜米坦已經舉起盾牌。

「透明的好難纏啊。」手中的狙擊槍又迅速轉變為銀色長棍，使勁全力將眼前的盾牌往後一推。

娜米坦向後滑行一段距離才停下來，安然無恙地放下盾牌。

趁她還沒重新擺好架式，俞思晴轉動長棍，捲起龍捲風。

「風爆裂！」

語畢，強力風暴捲向娜米坦。

娜米坦面無表情地用長劍輕鬆劃破龍捲風，沒想到在揮劍後，竟看見俞思晴的臉。

她嚇了一跳，回過神來，長棍已經狠狠打在她的左側臉頰上。

娜米坦如子彈般撞進右方的牆壁，整個人狼狽地跌坐在碎石塊裡，嘴角溢血。

「呸！」將口腔裡的血吐出，看起來受的傷並沒有很嚴重。

除了臉頰紅腫之外，屁股底下的透明屏障，折射光線，現出原貌。

利用盾牌做為墊背的娜米坦，總算開始對俞思晴有了提防心。

「初代神的武器果然——」

話還沒說完，俞思晴黑著半邊臉衝上來，揮舞細劍，由左至右切過娜米坦的身體。

但她沒有砍到肉體的感覺，而是被堅硬的東西擋下。

「要面對面和她戰鬥果然很難。」

看見劍刃被娜米坦的長劍擋住，俞思晴咬牙，往劍身上一踏，優雅地後空翻，安然無恙地在不遠處落下。

「震級。」長棍的重量打在地面，隨著俞思晴溫柔的聲音進行攻擊，「深度偵測完畢，指數，八！」

一瞬間天搖地動，房間所在的大樓側面，完全崩塌，除了俞思晴放出技能的區域，其他地方完好無缺。

簡直就像有人硬生生地將大樓削去一邊。

從倒塌的水泥塊中，她起身掃視被她毀掉的大樓，瞬間感受到殺氣從後方出現。

腦袋還沒反應過來，身體就先行動。

長棍橫掃，不偏不倚地擋住攻擊，接著迅速化為狙擊槍型態，而槍口正好對準娜米坦的臉。

「重型砲狙！」

「十字光守護！」

刺眼的光芒將兩人的身影淹沒，巨大的爆炸和聲響，震撼著空氣。

在光芒中央，兩道黑色的人影屹立不搖，咬牙以手中的長劍與對方來回互砍。

雙方的速度不分伯仲，在攻擊力道上，不遜於彼此。

在俞思晴不小心被刀刃砍傷，傷口灑出鮮血的瞬間，薔薇寶石發出光芒。

它的反應讓娜米坦稍微分了心，俞思晴見狀咬牙朝她的腹部砍下。

「嗚！」

娜米坦平淡無波的臉上，總算露出痛苦的神色。

怒火讓她加快了速度與力道，打得俞思晴招架不住。

長劍刺入俞思晴的左肩，俞思晴卻無視它，任由鮮血染紅衣服，將手裡的細劍插入娜米坦的胸膛。

兩人的劍，都被染紅，她們定住不動，沒有一方想先退開。

已經疲倦不已的俞思晴，才剛打算喘口氣，眼角餘光就看見已經由盾型態變回人形的武器ＡＩ，黑著半張臉，出現在她身後。

而他手中拿著的，是一把短刀。

俞思晴頓時會意過來，原來娜米坦是故意的！

「可惡！」

她從娜米坦身上拔出細劍，並從她的劍中掙脫，可是根本來不及退開，她的雙腳就被荊棘捆住。

無路可逃的俞思晴，被前後的兩把武器，同時攔腰砍過。

切開肉體的觸感，讓娜米坦露出勝利的微笑——然而這分喜悅，卻只持續短短幾秒。

她的後頸被人用力踩下，失去重心地倒向自己武器ＡＩ的懷中。

「什……怎麼回事！」

「娜米坦大人！小心！」

抱著她的武器ＡＩ，神色驚恐地翻身，用身體緊緊護著她。

這名武器ＡＩ的背後，濺出大量鮮血，掩蓋了她的視線。

隨著武器ＡＩ倒地不起，娜米坦錯愕地張著嘴，看著單肩流血，其他地方完好無缺的俞思晴。

俞思晴舉起細劍對準她的鼻尖，雖然疲倦得喘息，眼神卻依舊銳利。

「影身……嗎？」娜米坦回憶起來，夏尼亞確實有個能夠瞬間脫離威脅的技能。

「哈、哈啊……哈……」俞思晴沒有否認，從指縫亮出銀針，射向娜米坦。

銀針沒有擊中娜米坦，而是將在地上埋伏、伺機而動的荊棘釘住。

其中一根針，穩穩地插在她手中的長劍上。

「投降吧……娜米坦……我並不……不想殺妳。」

「這是對我的憐憫嗎？不需要。」娜米坦勾起嘴角，「妳這竄謀奪位的偽神，難道真以為自己可以拯救奧格拉斯？就算你們回到這個世界，奧格拉斯終究會毀滅。」

「沒有人是神，武器ＡＩ們也不該受到神的限制。」俞思晴虛弱地說，「我只是想幫助自己的朋友而已，不論是幻武使，還是武器ＡＩ，我們雖然不同，但都是存在於世的生命。」

「就算你們做得到，也只能拯救一部分的人，奧格拉斯可不只有武器ＡＩ。」

「我知道……所以……」俞思晴突然反手收回細劍，不再以武力和娜米坦對峙，「我們打算把整個奧格拉斯的人帶到這個世界。」

「什麼？」娜米坦瞪大美眸，「這根本是天方夜譚，這種事不可能做得到。」

「人類與武器ＡＩ之間的聯繫越強大，就能讓兩個世界的通道越穩定，光是妳一個人就能將一整個組織帶過來，那如果有更多人呢？」

娜米坦總算明白她的意思，卻厲聲反駁：「那是只有神才能做得到的事！我是神，我是獨一無二的！」

「不，妳只是個被困在異世界的人類。」俞思晴笑著回答，「奧格拉斯的神，從以前開始就不是一個人。」

看著俞思晴的笑容，娜米坦發現自己竟然無力反駁。

從俞思晴的腳下，溫暖的金光開始向後延伸，整棟大樓瞬間就被包圍在耀眼的光芒中。

隨著光芒迅速收起，大樓正上方的天空，隱約出現了陌生大陸的影子。

俞思晴抬起頭，鬆了口氣。

「妳看，這不是辦到了嗎？」

「你們……居然……」娜米坦沒想到，俞思晴的妄想竟會成為現實。

她越想越火大，內心極度不平衡，帶著長劍重新對她展開攻擊。

「不要多此一舉！」娜米坦大吼著。

俞思晴收回視線，看著她的劍，微微側身。

輕而易舉被俞思晴閃過攻擊，娜米坦驚訝不已。

俞思晴張開掌心，將手環化作手槍對準她的左眼。

「什、什麼？這怎麼可能……」

聽見她這麼說，俞思晴將槍口往旁移一公分，連續開了四、五槍，證實她並不是在開玩笑。

與剛才相比，娜米坦的力量確實相差甚遠。

雖然當初聽見這個情報的時候，她完全不相信，直到親眼看見才真的確定。

「一旦將奧格拉斯帶過來，妳的力量就會受到影響。」

娜米坦顫抖不已，「妳怎麼會知道……」

「繆思告訴我的。」

「可惡……」

「即便繼承了奧格拉斯神的血脈，但身為後代的你們，力量卻日漸衰弱，為了不讓人察覺，才會建立組織，躲在幕後。」

槍口轉移到她的太陽穴，輕貼著她的肌膚。

「繆思早就已經發現這件事，所以妳才打算滅口。」

「那個老不死……」

「妳想成為武器ＡＩ的神，但在奧格拉斯已經不可能了，所以妳才會想在這時候回到故鄉，在沒有魔法存在的這個世界，繼續成為『神』。」

「閉嘴！閉嘴！妳懂什麼！」

「娜米坦，就算不是神，妳也還是妳所選擇的武器ＡＩ們所珍視的伙伴啊。」

「繼承奧格拉斯神血脈的我，若不能成為神，就什麼都不是！」

憤怒地大吼後，荊棘掙脫銀針的束縛，迅速捲向娜米坦。

娜米坦放開長劍，跌坐在地，窩在層層捲起的荊棘中。

荊棘吸食著她的血液，她毫不在意，又開始流下眼淚。

「我是神……我是神……」

隨著她的喃喃自語，那雙美麗的眼眸中，漸漸失去了活力與光芒。

「娜米坦大人！」

與巴雷特戰鬥的武器ＡＩ衝了過來，看到這個畫面，頓時腿軟，跪在地上。

他手中的鎖鍊彎刀也跟著變回人形，臉色蒼白地站在原地。

「娜米坦大人……」

他們低聲喚著自己追隨的神，卻得不到回應。

巴雷特與夏尼亞走過來，兩人身上雖然有傷，卻沒有大礙。

夏尼亞點菸，吸了一口。

「繆思的計畫似乎挺順利的。」

「嗯，拖延時間，不讓娜米坦察覺到真正的意圖，順利把奧格拉斯搬移過來。」

「這樣就能在奧格拉斯毀滅之前，慢慢將那塊大陸上的人轉移。」

「小晴，妳沒事嗎？」巴雷特看見俞思晴傷痕累累的模樣，很是心痛。

俞思晴搖搖頭，「我沒事，只是點小傷，不要緊。」

她依偎在巴雷特的懷裡，靜靜閉上眼，「這樣，總算能安心……」

明明說著沒問題，俞思晴卻還是靠著巴雷特慢慢沉睡。

巴雷特與夏尼亞交換眼神，無奈聳肩。

「回去吧，他們已經沒辦法繼續再戰鬥了。」

「嗯。」巴雷特小心翼翼地將俞思晴橫抱起來，「夏尼亞，接下來你打算怎麼辦？」

「先幫繆思處理點事情，畢竟剛開始是最忙、最混亂的時候。」夏尼亞將菸捏熄後，轉頭對他說：「我想我應該不用問你吧？」

巴雷特笑而不語，把懷裡的人摟得更緊。

組織對「神」的崇拜，已經成為迷信般的病態。

在娜米坦失去神智躲在荊棘裡之後，繆思便以代表身分，與組織做了交易。

他們不會對娜米坦出手，也會把人平安送回，但前提是，奧格拉斯組織不許再有其他動作。

奧格拉斯不需要神。

只能選擇接受交易的奧格拉斯組織，在繆思派的人監視下，以原本的大樓為據點生活，遠離人類都市以及奧格拉斯。

清除威脅後，剩下的就是處理後續問題。

這個世界不可能輕易接受異界人，俞思晴和耀光精靈等人也決定不把這件事情公諸於世，對奧格拉斯的人們來說會比較安全。

萬幸的是，參與這場戰役的玩家們，幾乎都同意這個決定，只有少數幾個不願配合的人。

不過，在繆思的「妥善處理」下，將那些人的記憶清除後，威脅也就跟著消失。

至於幻武使與武器ＡＩ之間的問題，就交給當時的總團隊領導者——也就是耀光精靈等人負責。

簡單來說，就是負責處理武器ＡＩ和人類之間的問題。

耀光精靈挺喜歡這個工作，但狂戰王卻不同，話雖如此，他仍臭著臉待在耀光精靈身邊，協助她對付那些沒講兩句話火氣就上來的衝動派。

與幻武使締結契約的武器ＡＩ們，可以選擇是否要和自己的伙伴一起生活，而那些少數沒有被精神挾持的玩家們，他們的武器ＡＩ也可以自行決定要不要去見對方。

但在這段空窗期之中，除了被困在遊戲中的玩家之外，其他人全都沒有相關記憶，當然也沒人記得《幻武神話》這款遊戲的存在。

就算武器ＡＩ見到自己的搭檔，對方也不會記得他們。

有點悲傷，但對彼此來說是最好的處理方式。

再次和大神下凡見面，是在俞思晴的身體恢復得差不多之後。

一如往常來到大神下凡家附近的咖啡廳，不同的是，這次不只有他們兩人，而是多了許多同伴。

「妳、妳的傷已經沒問題了嗎？」無緣人想到俞思晴受傷的事，還是忍不住擔心。

「沒事，我很好。」俞思晴舉起手，想展示自己的身體很健壯，但瘦弱又沒肌肉的她，看起來有點俏皮。

大神下凡心滿意足地看著俞思晴的可愛舉動，「平安無事比什麼都好，這樣我總算不用再過著會讓人胃疼的生活。」

「總歸來說，我們也沒做什麼，最危險的事情都被妳搶去做了。」銀給她遞上三明治，「耀光看起來也很開心的樣子。」

「那鈴音小姐呢？」俞思晴眨眨眼，從結束後，她就沒再見過鈴音。

銀露出苦笑，搖搖頭。

回答她問題的，是銀的武器AI。

「鈴音似乎不打算再跟任何人見面。」

「咦？為、為什麼……」

「她有她自己的考量吧，別去管她。」

狂戰王臭著臉大口吸著檸檬紅茶，粗魯地吃著伯爵茶蛋糕。

「話說回來，為什麼你在這？」大神下凡冷冷掃了他一眼，「我可不記得有邀請你。嚴格來說，我只有邀請我老婆而已，為什麼你們都知道。」

「因為巴雷特今天有事，要我們來看著，免得你對她上下其手。」銀認真回答。

「你什麼時候跟巴雷特感情這麼好？」

「誰叫他是我朋友的男朋友。」

「嗚！這句話禁止！太讓人受傷了！」大神下凡彷彿受到重擊，摀著胸口倒在桌子上。

俞思晴只能苦笑，沒想到大神下凡對她這麼執著。

「這是怎麼回事？」才剛被提起，巴雷特就出現在桌邊，一臉詫異地看著在桌上扭動的大神下凡。

「啊！巴雷特！」大神下凡立刻拍桌站起，不知道的人還以為他想找巴雷特單挑，沒想到他卻開口問道：「夏尼亞那傢伙在哪？我都說了好歹跟我見上一面，說一句話，沒必要避不見面吧！」

「夏尼亞還有很多事情要忙，他得照顧對這個世界不熟悉的武器ＡＩ。」

「那我去見他！」

「想見他可沒這麼容易，而且幾分鐘前他已經和繆思回到奧格拉斯了。」

「夏尼亞啊啊啊——」大神下凡再度崩潰，「嗚嗚我就這麼不討喜嗎？」

「大男人哭成這樣，會受歡迎才有鬼。」狂戰王冷不防地吐槽。

他抬起頭，盯著巴雷特看了幾秒後，又繼續低頭吃自己的蛋糕。

巴雷特沒多想，很開心地和俞思晴交談。

俞思晴見到巴雷特後露出的小女人表情，讓在坐的男人深刻體會到自己贏不了巴雷特的事實。

但能看見俞思晴笑得這麼開心，就算她眼裡沒有自己，也沒關係。

「那我先和巴雷特離開了。」

俞思晴放下自己該付的錢之後，背起包包和巴雷特離開咖啡店。

巴雷特經過的地方，都能看見不少女孩子羨慕的目光，然而他的視線卻始終停留在俞思晴身上。

兩人甜甜蜜蜜的氣氛，完全將現實隔絕。

但他們並不在意，能這樣正大光明地在街上牽手散步，不用擔心任何事，對他們來說是奢侈的幸福。

巴雷特從沒想過，自己竟然會擁有這一切。

「巴雷特，已經習慣這個世界了嗎？」

巴雷特愣了下，點點頭，「嗯，小晴的世界很有趣，也很舒服，和奧格拉斯完全不同。」

「你會想念奧格拉斯嗎？」

「……不，雖然是故鄉，但我現在比較喜歡這裡。」巴雷特牽起俞思晴的手，在她的手背落下一吻，笑道：「只要有妳在就好。」

仍不習慣巴雷特的甜言蜜語，但她的心卻因為巴雷特而被填滿。

俞思晴把他的手握得更緊，十指緊緊交扣。

「我也是，只要有巴雷特就好，不管要我待在這裡，還是奧格拉斯，我都無所謂。」

「但可以的話，我還是想待在小晴的世界，因為這裡是妳成長的地方。」

現在的他們雖然不再受到兩個世界的限制，想去哪裡都可以，但奧格拉斯終究會毀滅，成為回憶。

俞思晴想了下，偏頭問道：「那不如，我們找時間回奧格拉斯渡假幾天？我也想見見巴雷特成長的地方，再說，之前都沒機會好好逛逛。」

巴雷特眨眨眼，沒想到喜歡的人也會想了解自己，讓他忍不住露出笑容。

能殺死無數女人心臟的笑容，威力強大到讓一旁的路人頻頻回頭。

無論男女，都被巴雷特那有點孩子氣、卻又俊美不已的外貌給深深吸引。

在俞思晴的眼中，巴雷特整個人閃閃發光，讓她更想依偎在他身邊。

「暑假還剩下十幾天，足夠再去一趟旅行。」她摟著巴雷特的手臂，充滿期待，

「我們要在你的故鄉留下許多屬於我們的回憶，就算有一天奧格拉斯真的消失了，你也不會忘記它。」

巴雷特嚇了一跳，沒想到俞思晴竟然能聽出他話中的意思。

他確實對自己的故鄉沒什麼好感，但如果這是俞思晴想要的，他絕對不會反對。

「在奧格拉斯留下美好記憶嗎？虧妳還是個幻武使，竟然比我還要喜歡奧格拉

斯。」

「因為沒有奧格拉斯，我就不會遇見你了。」俞思晴抬起頭來，嘟起嘴。

巴雷特寵溺地摸摸她的頭，「妳說得對，單就這點來說，確實要好好感謝它迎接末日這點。」

「這麼說好像有點奇怪。」俞思晴忍不住笑出來。

「我也這麼覺得。」巴雷特跟著大笑。

兩人愉快的身影，伴隨著笑聲，將他們的未來照耀得無比閃亮。

「小晴，我喜歡妳哦。」

「嗯。」俞思晴紅著臉，踮起腳尖，輕輕碰了一下他的嘴唇，「我也是。」

遊戲結束，但他們的幸福人生，才正要開始。

——《奧格拉斯之槍05世界崩潰》完

——《奧格拉斯之槍》全系列完

後記

Sniper of Aogelasi

各位好，我是最近拚命當刺客到處參觀埃及風景的賽努草。

一定有人想說怎麼不叫巴耶克草，當然是因為賽努比較可愛（喂），賽努才是本體，就跟新八的眼鏡一樣，眼鏡才是本體（哪不對）。大家應該已經發現，今年的坑草已經不坑了，沒錯，因為坑草的白髮冒太多，所以決定休養生息，開始放慢腳步挖坑，所以坑數和以往有差，不過還是會繼續寫下去的，請大家不要忘記我（泣）。

《奧格拉斯之槍》總算來到完結篇，這段時間真的……好久啊！對不起我拖太久了！但這兩人的閃光如果寫太快，坑草會先被閃瞎。這集裡解釋了許多設定，當然還有最神祕的神登場，閃光數量沒有前面多——畢竟都在打架，實在沒有時間甜甜蜜蜜的。

這部作品的設定，我個人挺喜歡的，尤其是在完結後，感覺後面還可以繼續接下去。不過我想我會比較想寫其他CP的故事，例如以耀光精靈為中心的戀愛故事，其實我個人滿喜歡她的，其次就是大神下凡，因為很好調戲（快住手）。

《奧槍》完結後，我目前有打算要寫其他BG向的輕小說故事，之前在腦袋裡跑很久的構想，總算有時間寫出來了，但首先，我得先去把另外幾個坑填滿，新坑就讓我慢慢寫吧。

謝謝喜歡《奧格拉斯之槍》，並購買這本小說，有緣的話，坑草還會繼續出現的。

我們下本後記見。

草子信

草子信ＦＢ：https://www.facebook.com/kusa29

高寶書版集團
gobooks.com.tw

輕世代 FW289

奧格拉斯之槍05(完)

作　　者　草子信
繪　　者　arico
編　　輯　林紓平
校　　對　任芸慧
美術編輯　彭裕芳
排　　版　彭立瑋

發 行 人　朱凱蕾
出　　版　英屬維京群島商高寶國際有限公司臺灣分公司
　　　　　Global Group Holdings, Ltd.
地　　址　臺北市內湖區洲子街88號3樓
網　　址　www.gobooks.com.tw
電　　話　(02) 27992788
電　　郵　readers@gobooks.com.tw（讀者服務部）
　　　　　pr@gobooks.com.tw（公關諮詢部）
傳　　真　出版部　(02) 27990909　行銷部 (02) 27993088
郵政劃撥　50404557
戶　　名　三日月書版股份有限公司
發　　行　三日月書版股份有限公司/Printed in Taiwan
初版日期　2018年12月

國家圖書館出版品預行編目(CIP)資料

奧格拉斯之槍 / 草子信著.-- 初版. -- 臺北市：
高寶國際, 2018.12-
　冊；　公分. --

ISBN 978-986-361-595-8(第5冊：平裝)

857.7　　　　107003450

三日月書版

三日月書版

GOBOOKS
& SITAK
GROUP©

GOBOOKS
& SITAK
GROUP©